KB265754

나이트 킹

Knight King

이모탈 판타지 장편 소설

FUSION FANTASTIC STORY

나이트 킹 3

이모탈 판타지 장편 소설

초판 1쇄 찍은 날 § 2013년 3월 18일
초판 1쇄 펴낸 날 § 2013년 3월 25일

지은이 § 이모탈
펴낸이 § 서경석

편집부장 § 권태완
편집책임 § 박우진
디자인 § 이혜정

펴낸곳 § 도서출판 청어람
등록번호 § 제1081-1-89호
등록일자 § 1999. 5. 31
어람번호 § 제1-1565호

주소 § 경기도 부천시 원미구 심곡2동 163-2 서경B/D 3F (우) 420-822
전화 § 032-656-4452팩스 § 032-656-4453
http://www.chungeoram.com
E-mail § chungeorambook@daum.net

ⓒ 이모탈, 2013

ISBN 978-89-251-3218-1 04810
ISBN 978-89-251-3182-5 (세트)

3
[패자(霸者)로 서다]
나이트 킹
이모탈 판타지 장편 소설
FUSION FANTASTIC STORY
Knight King
도서출판
청어람

CONTENTS

CHAPTER
01
연합군

Knight King

시체만이 가득한 진정. 주인을 잃은 말들은 연신 울음을 투해냈고, 어디서 모여들었는지 검은 까마귀들이 날아와 시체를 뜯어먹기 시작했다.

"훠어어~"

투다다닥!

시체를 쪼아 먹기에 열중하던 까마귀들이 날개를 푸덕거리며 날아올랐다. 그러자 일단의 병사가 나타나 무기와 말을 수거했다. 그들은 깊이 파놓은 구덩이에 시체를 던져 산이 될 때까지 쌓아 올렸다.

이내 마법사들이 나타나 마법을 영창하고 시체를 태웠다. 사람의 살타는 냄새가 사방을 진동하였고, 검은 연기의 끝에는 까마귀가 빙빙 돌며 인간이 떠나는 순간을 노리고 있었다.

"이랴! 가자!"

수레 한가득 무엇인가를 바리바리 쌓아 올린 말이 자리를 떠나고, 일단의 기마병이 나타나 주인을 잃고 이곳저곳을 배회하던 말을 몰아 다시 작센 성으로 향했다.

지금 작센 성에는 여러 개의 인장기가 나부끼고 있었다. 작센 성의 주인인 테레지아 남작의 인장기부터 시작해서 아이젠 자작가의 인장기와 롬멜 백작가의 인장기까지, 그리고 그녀가 보낸 전령으로 인해 구원군을 이끌고 온 몇몇의 인장기까지 말이다.

테레지아 남작의 대회의실에서는 그러한 구원군을 이끌고 온 귀족들이 모두 모여 있었다. 회의 탁자의 중앙에는 테레지아 남작이 배에 붕대를 잔뜩 감은 상태에서 회의를 진행하고 있었다.

"해서 저는 이번에 북부 연합을 만들었으면 합니다."

테레지아 남작의 갑작스러운 건의에 모두 어리둥절한 표정이었지만 몇몇의 귀족은 눈을 반짝 빛을 냈다. 북부 연합이라면 당연히 연합장이 필요한 법이다. 그것이 탐난다는 뜻일 것이다.

“하면 북부 연합을 이끌어갈 사람을 누구로 한다는 말이오.”

북부에서 몇 안 되는 백작 중의 한 명인 죠르지오 아르마니 백작이 입을 열었다. 중후한 풍채와는 다르게 눈 밑에 다크서클이 진하게 있어 어딘가 모르게 음험해 보이는 인상이었다.

“저는 베르누크 아이젠 자작님을 북부 연합의 장으로 추천하는 바입니다.”

조용히 있던 에르빈 롬멜 백작이 자신의 의견을 발의했다. 복권된 지 얼마 되지 않아 과거의 위명을 되찾지는 못했지만 최근 4년 동안 내적으로 외적으로 상당한 위명을 되찾고 있는 롬멜 백작가였다.

그러한 롬멜 백작가가 스스로 고개를 숙이고 자작의 밑으로 들어가겠다고 한다. 몇몇을 제외하고는 모두 놀라 눈을 동그랗게 뜨고 롬멜 백작을 바라보았다.

“본 작 또한 아이젠 자작님을 북부 연합의 장에 추천합니다.”

이어지는 아드리안 남작의 발언. 그리고 구원을 요청한 당사자인 테레지아 남작마저 아이젠 자작을 북부 연합의 장으로 추천하고 나섰다. 벌써 세 명이다.

여기 모인 열 명의 귀족 중에 세 명이 그를 추천하고 나섰다. 당사자는 여전히 말없이 묵묵히 침묵을 지키고 있었다.

그리고 또 한 명. 아이젠 자작가 바로 옆에 붙어 자작가로부터 상당한 도움을 받고 있는 크라베이더 남작가 역시 아이젠 자작을 추천하였다.

그러한 추천에 다소 심기가 불편했는지 아르마니 백작이 헛기침을 터뜨렸다.

"크음. 아무리 아이젠 자작이 이번에 세운 공이 크다 해도 북부를 아우르기에는 그 경력이 미천하다 생각하오만."

"경력이 미천하다라……. 하면, 아르마니 백작께서는 누구를 추천하실는지요?"

지금까지 잠자코 있던 베르누크가 갑자기 끼어들어 아르마니 백작에게 물었다. 이미 아르마니 백작의 속셈 정도는 훤하다 못해 구역질 날 정도로 잘 알고 있는 베르누크였다.

"적어도 북부를 아우른다고 하면 그 작위가 어느 정도는 되어야 하지 않겠소?"

"그리고 또 있습니까?"

"또한, 가진 바 무력 역시 타인을 압도해야 할 것이고, 연합을 운영하기 위해서는 재력 역시 튼튼해야 하지 않겠소?"

"그러니까 그런 사람이 누구냐 이겁니다."

"커흠! 그거야."

자기가 말을 해놓고 자기 자신을 추천하기에는 면목이 없었는지 헛기침을 해대는 아르마니 백작이었다. 이에 그의 옆에 있던 케세나인 몰도바인 자작이 재빠르게 말을 받았다.

"그에 부합된 분이 있습니다. 바로 죠르지오 아르마니 백작님이십니다."

케세나인 몰도바인 자작은 자신 있게 말했다. 하지만 그의 자신 있는 발언에 동조하는 귀족들은 없었다. 그저 어처구니없다는 눈빛으로 바라만 보았다.

"그렇단 말이지요. 하면 제가 몇 가지 물어봐도 되겠습니까?"

조용히 있던 테레지아 남작이 물었다. 모든 눈이 테레지아 남작에게 쏠렸다. 여기서 몇몇을 제외하고 테레지아 남작을 무시할 수 있는 사람은 없었다. 그녀는 여자이기 전에 이 일대를 장악하고 있는 실세였으니 말이다.

"그러시오."

"전령은 모두 열 곳에 보냈습니다. 가장 가까운 곳은 케세나인 몰도바인 자작이고 두 번째 가까운 곳은 죠르지오 아르마니 백작이십니다. 가장 먼 곳은 롬멜 백작이고 두 번째 먼 곳은 아이젠 자작입니다."

"크음. 그래서 어쨌다는 것이오?"

갑자기 거리를 따지자 몰도바인 자작이 멋쩍은 듯이 눈알을 굴리며 헛기침을 터뜨렸다. 하지만 테레지아 남작은 말을 끝내지 않았다.

"가장 먼저 도착한 구원군은 아이젠 자작가입니다. 그리고 롬멜 백작님, 아드리안 남작 순으로 도착을 했습니다. 군세 역시 아이젠 자작가의 병력이 가장 많더군요. 그것도 경기병과 궁기병, 마법 병단까지요."

그렇게 말하고 테레지아 남작이 앞에 놓인 차를 조용히 들이켰다. 비록 여자의 몸이었으나 좌중을 압도하는 카리스마만큼은 여느 사내대장부 못지않았다.

"총 병력 8만 5천에 해당하는 병력입니다. 영지도 상당히 크시더군요. 여기 있는 백작 각하들의 영지의 1.5배 정도는 될 듯합니다. 또한 재정도 탄탄하시더군요. 아시다시피 비누를 파는 상단이 아이젠 상단이니 말입니다. 거기에 최근에는 철광산과 금 광산까지 개발하셨더군요. 한데 말입니다. 그 가까운 아르마니 백작 각하께서는 왜 이리 늦으셨습니까? 전투가 끝나고 나서 삼 일 만에 도착하시다니요."

"아니, 그것은……."

"아직 제 물음은 끝나지 않았습니다. 그리고 작위는 몰라도 여기서 적에게는 데빌 킹이라 불리고 아군에게는 나이트 킹이라 불리는 아이젠 자작님을 모르시는 분을 없을 것입니다. 제국 전체가 알고 있는 위명이지요. 하면, 백작 각하께서는 그러한 위명이 있으신지요?"

아르마니 백작은 테레지아 남작의 시선을 슬그머니 피했
다. 그럼에도 테레지아 남작은 여전히 시선을 그에게 고정하
고 이야기했다.

"그리고, 백작 각하께서 동원한 병력은 보병 5만이더군요.
궁기병도 없고, 마법 병단도 없으며, 경기병도 없더군요. 또
한 영지도 아이젠 자작님보다 작더군요. 상단 역시 아이젠 상
단과는 비교조차 할 수 없고 말입니다. 해서 묻겠습니다. 대
체 무엇이 아이젠 자작님보다 더 나은지 설명을 부탁드립니
다."

탁!

테레지아 남작은 들고 있던 식은 찻잔을 회의 탁상에 소리
나게 내려놓았다. 그녀의 좌상에서 우하로 이어지는 상처 자
국이 미미하게 꿈틀거렸다. 그것은 그녀가 분노하고 있다는
것을 의미했다.

"본 작은 북부 연합의 수장으로 베르누크 아이젠 자작님을
추천합니다."

중후한 목소리가 또 들렸다. 50대의 희끗한 머리를 가진
아미고스 브레이번 자작이었다. 마치 옆집 아저씨 같은 푸근
한 인상이나 날카로운 눈매가 그 강직함을 드러내고 있었다.

"대체 데빌 킹이자 나이트 킹인 베르누크 아이젠 자작님이
아니면 누가 북부 연합을 이끌 수 있단 말인가?"

또 한 명의 남작이 탁자를 치며 외쳤다. 고리 눈에 철사 같은 수염. 솥뚜껑만 한 손에 북실북실 털까지 나 있어 마치 트롤 같은 사람이었다. 다름 아닌 프레드릭 스틸러스 남작이었다.

그는 아이젠 자작의 열혈 추종자였다. 기사라면 당연히 아이젠 자작을 흠모하여야 한다면서 말이다. 성품 또한 걸걸하여 술과 시를 좋아하였다. 성격이 급한 것이 흠이긴 하나 영지를 다스림에 있어 흐트러진 모습을 보이지 않는 자였다.

그것이 결정적이었던가? 당사자인 죠르지오 아르마니 백작과 그를 두둔하고 나선 케세나인 몰도바인 자작을 제외하고는 모두 베르누크 아이젠 남작을 추천했다.

탕!

"이, 이……! 어디 두고 봅시다들!"

거칠게 회의 탁자를 내려친 죠르지오 아르마니 백작이 자리를 박차고 일어나 회의실을 나가 버렸다. 그에 케세나인 몰도바인 자작 역시 경멸하듯 혹은 분노한 눈으로 회의석상을 훑어보고는 죠르지오 아르마니 백작을 따라 휑하니 사라졌다.

기다렸다는 듯이 테레지아 남작이 중앙의 자리에서 일어나 우측의 베르누크에게 다가갔다. 그녀가 정중한 예를 올리며 중앙의 자리를 권했다. 베르누크는 마다하지 않았다. 귀찮기는 하지만 책임을 져야 할 입장이라면 책임을 지겠다는 생각이었기 때문이었다.

"여기 있는 아홉 명이 북부를 대표한다니 참 가슴 아픈 일이기는 하지만 어떻게 보면 참으로 다행이라 여깁니다. 그 이유는 여기 있는 사람만큼은 귀족이기보다 인간이기를 원하는 분들이기 때문입니다."

참 많은 것을 생각하게 하는 베르누크의 발언이었다. 귀족이기 전에 기사도 아니고 인간이기를 원한다. 그것으로 베르누크가 말하고자 하는 바를 확실하게 알린 셈이었다.

제국을 위한답시고 군을 일으키지는 않겠다는 것이다. 단지 제국이라는 테두리 안에서 몸담고 살아가는 사람을 위하겠다는 말이 될 것이다. 그 말에 조용히 회의장 한편에 서 있던 카림은 고개를 숙였다.

"제가 무슨 말을 하는 것인지 여기 있는 분들은 아실 것입니다. 해서 가장 첫 번째로 해야 할 일은 바로 황도를 구하는 것이겠지요. 황제를 위해서도 제국을 위해서도 아닌 신음하는 제국민들을 위해서 말이지요."

"북부 연합 만세!"

"북부 연합 만세!"

그렇게 해서 귀족 열 명이 모여 북부 연합을 결성하였다. 그 초대 연합장에는 백작이 있음에도 불구하고 베르누크 아이젠 자작이 선임되었고 말이다.

하지만 무조건적으로 북부가 그들에 찬동하는 것은 아니었다.

북부 연합이 결성되자 그에 반하는 모임 역시 결성되었는데 죠르지오 아르마니 백작이 결성한 연합으로, 북부 귀족 협회였다. 귀족 협회는 최초 일곱 곳의 귀족이 가입했다. 물론 초대 협회장은 죠르지오 아르마니 백작이었다.

둘 다 북부를 대변한다는 대외적인 목적하에 세워졌지만 그 내적인 면에서는 상당히 차이가 나고 있었다.

북부 연합이 전란으로 신음하고 있는 제국민을 위해서 결성되었다면 북부 귀족 협회는 그들만의 위기감에 의해서 결성되었다. 또한 베르누크는 귀족의 적극적인 추천에 의해 연합의 장이 된 반면 아르마니 백작은 스스로 연합회를 만들어 놓고 귀족들을 긁어모았다. 차이가 분명하게 드러나는 부분이라 할 것이다.

어찌 되었든 베르누크는 북부 연합을 결성하고 북부 연합의 각 영주성에 마법 통신구를 하나씩 비치했다. 30킬로미터마다 역참을 두어 마법을 사용할 수 없을 경우를 대비하였다.

통신이 하나로 연결되자 무력과 경제적인 연합이 남았으나 그 부분에 대해서는 어찌할 수 있는 것이 없었다. 다만 각 귀족이 가지고 있는 상단을 하나로 묶어 아이젠 상단이라 명하고 그 이름하에 상행위를 하고자 했다.

우선 가장 큰 북부 연합 경매장을 들 수 있었다. 그곳에는 각 지역의 특산품과 함께 연합의 귀족들에게 특전을 주었고, 아이젠 상단만 다루던 비누를 각 귀족이 함께 다룰 수 있게 했다.

그것만 해도 재정적으로나 경제적으로 각 영지가 상당히 안정되었음을 물론이다. 무력은 안정된 영지 속에서 차차 키워 나가면 되니 걱정할 필요는 없었다.

그렇게 두 달 동안 정신없이 북부 연합을 한데 묶는 작업을 한 후, 베르누크는 황도를 향해 움직였다. 군세는 보병보다는 기병 위주였다. 현재 보병은 각 지역의 거점을 방어하는 데 필요하기 때문이었다.

*　　*　　*

베르누크는 다시 움직였다. 영지를 떠날 때 동원한 병력 그대로였다. 하나 단지 그것만은 아니었다. 테레지아 남작의 기사 10명, 기병 1천 명, 스틸러스 남작 기사 15명에 기병 1천 1백 명, 브레이번 자작 기사 20명에 기병 2천 명이 추가되었다.

그리고 보병이 각 5천과 1만이었다. 총 병력은 16만에 이르고 기사 495명에 3개 마법 병단 300명이었다. 물론 북부를 대표하는 면에서는 그리 크지 않은 병력이었으나 그 전력 면에서는 그 누구에게도 뒤지지 않는 군세였다.

베르누크가 16만의 병력을 대동하고 남부와 동부군의 집결지인 로두스에 도달하자 수많은 군세가 몰려 있었다. 동부군은 밀리예프 후작을 중심으로, 남부군은 로드리게스 후작을 중심으로 말이다.

황도를 탈환하기 위한 귀족군은 아직도 꾸역꾸역 모여들고 있었다.

베르누크가 황도와 지근거리에 있는 로두스에 도착에 느낀 감정은 딱 하나였다. 바로 난잡함이었다. 다 합치면 무려 81만에 육박하는 군세였다. 군세만 많고 귀족의 자존심 혹은 제국의 자존심만 드높을 뿐이었다.

동부와 남부의 귀족들은 북부의 귀족군을 '북부의 촌놈'이라 하며, 격하시키고 무시하였으며, 남부와 동부는 서로의 군세를 경계하고, 질시하였다. 그 연유는 바로 황도를 탈환하기 위한 이 귀족군의 총사령관을 누구로 하며, 어느 곳이 선봉에 설 것이냐에 대한 지휘체계가 전혀 서지 않았기 때문이었다.

하나의 머리가 있는 것이 아니라 무려 세 개의 머리가 있고, 그 뒤에 수많은 팔과 다리가 있었기에 모든 일이 서로 마찰을 빚고 어긋났으며, 수평적으로도 혹은 수직적으로 그 체계가 서지 않아 사람만 많을 뿐 귀족군이라고 칭할 수조차 없었다.

이에 밀리예프 후작이 소와 말을 잡고 장소를 정해 영지군을 이끌고 온 북부와 남부 등의 수많은 귀족에게 회의를 청했다. 81만에 육박하는 군세에 귀족이 대체 몇 명일 것인가? 그 많은 귀족을 소집하는 것이나 그러한 장소를 마련하는 것도 실로 대단한 일이라 할 수 있었다.

그에 모든 귀족은 마치 못 이기는 척하면서, 밀리예프 후작이 마련한 자리로 꾸역꾸역 모여들기 시작했다. 모두 모이자 밀리예프 후작 측의 참모장인 멘테스 경이 주변을 조용히 시키고 말했다.

"지금 우리는 황도를 무단으로 점령한 서 무도히고 간악한 바이큰족을 멸하기 위해 이곳에 모였습니다. 그러나 군사들은 각기 이끄는 이가 다르고 떠나온 곳 역시 달라 힘을 합치기가 어렵습니다. 이에 먼저 이 병력을 총괄할 총사령관을 세우고 모두 그 명을 받기로 하면 수평적으로 연결이 수월하고, 수직으로는 질서가 잡혀 비로소 진정한 징벌군의 위용을 되찾을 것입니다. 누가 먼저이고 누가 나중이냐는 그 후에 정하는 것이 옳을 것입니다."

이미 둘의 상의가 끝이 났는지 멘테스 경이 말을 마치자 바로 밀리에프 후작이 그 말을 받았다.

"해서 여러 귀족 분과 기사들을 이렇게 모셨소. 큰 뜻을 위해 모인 만큼 본 작은 여기 남부의 검공이라 호칭되며 다년간 변경백으로서의 그 임무를 충실히 해 오신 티아고 로드리게스 후작이 징벌군의 총사령관으로 부족함이 없음에 추천하는 바입니다."

상당히 파격적인 추천이었다. 스스로도 자질이 부족함이 없음을 알고 있음에도 그 자리를 타인에게 양도하는 것이었다. 모든 귀족이 경탄을 자아내자, 티아고 로드리게스 후작이 황급히 일어나 사양했다.

"본 작은 검을 다루는 일개 기사일 뿐입니다. 본 작보다는 여러 귀족에게 인망이 두텁고 오랫동안 동부의 수호자라 자리매김해 온 밀리에프 후작께서 총사령관이 됨이 옳다고 봅니다."

티아고 로드리게스 후작은 역시 거물이었다. 스스로를 싸움밖에 모르는 일개 기사로 낮추고 밀리에프 후작을 추천하였다. 이 훈훈한 광경을 바라보는 귀족들은 경탄 어린 눈빛으로 둘을 바라보았다.

하지만 곧 많은 귀족이 밀리에프 후작보다는 로드리게스 후작을 추천하였다. 그럴 수밖에 없는 것이, 이것은 전쟁이다. 그리고 전쟁에는 백전노장인 로드리게스 후작이 어울린다는 귀족들의 공통적인 생각 때문이었다.

　로드리게스 후작은 몇 번을 사양 끝에 총사령관직을 수락했고, 곧바로 작전과 명령 계통의 혼선을 막기 위해 직무에 따른 인선을 서둘렀다. 이런 일로 어영부영 시간을 보낼 때가 아니라는 것을 알고 있었기 때문이었다.

　군사는 총 3군으로 나누었다. 1군은 남부군이고, 2군은 동부군, 3군은 당연히 북부군이다. 1군의 사령관은 헤르만 괴링 백작이었고, 2군의 사령관은 밀리에프 후작이었으며, 3군의 사령관은 격론 끝에 아이젠 자작이 되었다.

　베르누크가 3군 사령관이 되는 데에는 상당히 우여곡절이 많았는데 가장 큰 것은 귀족들의 반대였다. 그리고 그 반대의 중심에는 동부의 밀리에프 후작가의 참모부부장 슈미트 카고와 과거 와이번 기사단의 단장이었던 클리든 에우로파 자작이 있었다.

　이쯤 되면 둘과의 만남은 상당히 악연이라고 해야 할 것이다. 물론 슈미트 카고 경이 준 거 없이 미워하고 있지만 클리든 에우로파 자작은 아직도 그날 맞은 뺨이 욱신거릴 정도였으니 당연한 것일 게다.

　하지만 그들이 반대한다고 해서 북부군을 맡아줄 귀족이 없었다. 북부군의 최고 작위를 가지고 있는 롬멜 백작은 한결같이 자리를 고사하고 있었고, 아미고스 브레이번 자작 역시 일관되게 베르누크를 추천하는지라 어쩔 수 없이 베르누크를 북부군의 장, 즉 3군 사령관에 임명했다.

이에 1군과 2군의 귀족들의 시선이 절대 곱지 않았다. 그들이 경원시하는 북부군인데다 군세도 겨우 16만 정도였다. 거기에 사령관마저 겨우 자작이니 당연한 현상이라 할 것이었다.

하지만 그러한 것에 동요될 베르누크는 아니었다. 신경을 끊으면 그만이니까. 그리고 자신을 따라 이곳에 온 이들은 절대적인 신뢰를 가진 이들이다. 기다리자고 하면 천 년이고 만 년이고 기다릴 수 있는 자들이었다.

이렇게 말하는 이유는 작전에서 제외되었기 때문이었다. 물론 5년의 상호불가침 조약에 적대시하지 않겠다는 밀리예프 후작이야 가타부타 별말을 하지 않았다. 철저하게 중립이라는 것이다.

손을 들어주지도 않았지만 그렇다고 반대하지도 않았다. 그도 내심 겨우 자작 주제에 이런 징벌군에 끼인다는 것이 별로 탐탁찮다는 표정을 지었다. 그리고 그의 휘하에는 베르누크를 경계하고 미워하는 자들이 많았다.

예를 들어 참모부의 이인자인 슈미트 카고도 그러했고, 베르누크에게 전령으로 왔던 미첼 프라이스도 그러했다. 머리 좋다는 놈들이 그러하니 당연히 밀리예프 후작 측에서 베르누크를 두둔할 이유는 없었다.

그리고 남부 지역 같은 경우는 노골적으로 베르누크를 싫어하고 경시했다. 그들은 귀족이었다. 동부나 서부까지는 인정하겠지만 북부까지 인정하기는 싫은 것이었다.

그것은 남부의 검공이라 불리는 로드리게스 후작도 역시 마찬가지였다. 그가 볼 때 베르누크는 천둥벌거숭이와 다르지 않았다. 같잖은 놈이 그저 명성 조금 얻은 것으로 깝죽대고 있는 것이나 다름없으니 말이다.

해서 페르디난트 후작 역시 노골적으로 북부인인 베르누크를 무시했다. 없어도 된다는 식이다. 치중도 맡기지 않았다. 치중은 자신의 동생인 레이놀드 로드리게스 백작에게 맡겨 버렸다.

그리고 총사령관을 양보한 동부군에에 그 선봉을 맡겨 켈프린 성을 공략하라 했다. 그에 밀리예프 후작은 선봉장을 알리스타 오브레임 백작으로 임명했고, 선봉의 참모로는 슈미트 카고 경을 임명했다.

오브레임 백작을 선봉으로 기용한 데는 그만한 이유가 있었다. 그는 천생 기사이다. 정직하다는 것을 의미했다. 물론 귀족이라는 특권 의식이 너무 강한 것이 탈이지만 그것을 제외하고는 밀리예프 후작을 따르는 이들 중 가장 충직한 자였다.

그를 보좌하기 위한 참모로 슈미트 카고 경을 내정한 것은 전체적인 전략을 짜는 데 있어서는 약간 미흡하지만 순간순간 기지를 활용하는 데 있어서는 탁월하기 때문이었다.

황도의 앞마당을 지키는 켈프란 성에 주둔해 있던 바이큰 족의 족장 중 한 명이 이러한 인선을 바로 황도로 알렸다. 켈프란 성을 지나면 바로 황도라 할 수 있을 정도로 지근거리이니 보고 또한 신속하게 이루어졌다.

그러한 소식이 황도에서 섭정공의 자리에 스스로 올라 정무를 주관하던, 서북 대평원의 바이큰족 대족장 클레이투스 칼라한에게 전해졌다. 그 소식을 들은 그는 두려워하기보다는 하늘을 우러러 앙천광소를 터뜨렸다.

"크하하하하. 오는가? 드디어 온단 말이지? 대전사는 있는가!"

밖을 향해 커다랗게 외치자 예의 거대한 체구의 대전사가 기괴한 무기를 들고 황제의 집무실에 들어왔다. 집무실 안에 황제가 있지만 이미 있으나 마나 한 그러한 존재.

황제의 뒤편으로 더 높고 더 큰 자리를 마련한 섭정공 클레이투스 칼라한이 있다. 대전사는 자신의 애병을 옆으로 하고 극한의 예를 올렸다.

"그들이 왔다 한다."

"들었습니다."

"가야 하지 않겠는가?"

"몇 명을 주시겠습니까?"

"5만이면 되지 않겠는가?"

"차고도 넘칩니다."

"기대하지."

"명!"

*　　*　　*

"도대체 이게 말이 된다고 생각하십니까?"

징벌 3군의 지휘관 막사에서 대낮부터 큰 소리가 일었다. 그것은 다름 아닌 스틸러스 남작의 걸걸한 목소리였다. 그는 무엇이 그리 분한지 고래고래 소리를 질러댔다.

분한 것이었다. 제국에서 눈길 한 번 주지 않고 천대만 받던 북부다. 그래도 제국의 귀족이랍시고 꾸역꾸역 이곳까지 왔다. 한데, 이게 뭔가? 말도 되지 않는 트집을 잡아 아예 작전에서 북부군을 제외시켜 버렸다.

그리고 동부군과 남부군만으로 공격 진형을 짜고 치중을 맡아 보급로를 결정하고 있었다. 북부군은 알아서 하라는 것도 아니다. 그래도 징벌군이니 총사령관의 명령을 들어야 한다는 것이다.

"대접을 받기 위해서 참전한 것은 아닙니다. 하지만 이것은 대체 무슨 말도 안 되는 경우랍니까?"

"그것은 본 작 또한 마찬가지입니다. 겨우 이런 대우를 받자고 군사를 일으킨 것은 아니지 않습니까?"

평소 남자보다 더 과묵할 정도로 진중하던 테레지아 남작의 입에서도 불만의 목소리가 튀어 나왔다. 그만큼 대우가 엉망이라는 것이었다. 물론 스틸러스 남작이나 테레지아 남작만은 아닐 것이다.

환영은 기대조차 하지 않았다. 그냥 제국 귀족의 일원으로서 참여할 뿐이었다. 영광 또한 기대조차 하지 않았다. 그러함에도 불구하고 아예 없는 존재처럼 취급당하니 오히려 그것이 더 북부 연합군의 분노를 돋우게 한 것이었다.

그러하니 답답한 마음에 베르누크가 있는 지휘관 막사에 와서 이렇게 분노의 일성을 지르고 있는 것이었다. 베르누크는 침묵했다. 롬멜 백작도 침묵했다. 거기에 아드리안 남작도 침묵했다.

"혹여 무슨 계획이라도 있으십니까?"

스틸러스 남작보다 상황파악이 빠른 테레지아 남작이 얼굴에 난 상처를 매만지며 물었다. 무언가 생각을 할 때 나오는 그녀만의 버릇이었다.

북부 연합의 주축은 롬멜 백작이고 아드리안 남작이었다. 그러한 그들이 입을 다물고 있다. 그것은 무언가 다른 계획이 있다는 것을 의미한다고 생각한 것이다.

"흠. 계획이라……."

가볍게 볼을 긁으며 내뱉는 베르누크였다. 지금까지 침묵하던 베르누크가 입을 열자 귀족들의 눈이 베르누크에게 쏠렸다. 그는 북부 연합의 수장이자 3군의 사령관이다.

"물어봅시다. 제국이 가망성이 있다고 생각합니까?"

"그야……."

"당연히……."

그렇게 말하던 귀족들이 갑자기 입을 닫았다. 제국의 가망성이라. 회생 가능성을 말한 것일 게다. 입으로는 당연하다고 말해야 했지만 이성적으로나 심정적으로는 선혀 이니었다.

그러하기에 급히 입을 닫은 귀족들이었다. 그들은 베르누크의 성향을 어느 정도 파악하고 있었다. 그는 흑백 논리가 적용되는 사람이 아니다.

이럴 수도 있고 저럴 수도 있지만 이 길이 가장 올바른 길이라면 그 길로 가는 사람이었다.

모든 가능성을 열어놓고 본다는 것이다. 반드시란 없다. 그러한 그가 제국의 가망성을 물었을 때는 제국이 회생 가능성도 있겠으나 지금은 회생이 불가능하다는 것을 의미할 것이다.

"왜 그렇게 생각하십니까?"

옆집 아저씨 같은 브레이번 자작이 물었다. 베르누크는 슬쩍 그를 바라보고 고개를 주억거리며 자신의 생각을 밝혔다.

"제국은 이미 동부, 남부, 서부, 북부로 갈라졌습니다. 황제는 바이큰족에게 잡혀 있고요. 서부는 바이큰족에게 점령당할 것입니다."

"그런……."

"바이큰족이 황도에 5만, 그리고 저 케플란 성에 10만, 북쪽의 코마롬 성에 2만, 남쪽의 비스크 성에 2만이 있습니다. 서쪽의 발칸 성에는 주둔조차 시키지 않고 있습니다. 그리고 15만은 북부에서 전멸당했고, 45만이 서부를 밀고 내려와 절반을 점령했지요. 15만은 견제고 45만은 주공이라고 생각할 수 있습니다. 그들이 왜 견제와 주공을 나눴을까요?"

"그렇다는 것은……."

"그렇습니다. 바이큰족은 서부를 점령할 목적입니다. 황도는 눈속임이지요. 실제로 동부군이나 남부군은 황도에 정신이 팔려 서부는 생각지도 못하고 있지요. 서부에 검황 루이스 페르디난트 후작이 35만의 귀족군을 모아 대적하고 있다고는 하지만 중과부적입니다. 한 손으로 열 손을 막을 수는 없지요. 문제는 그 45만이 바이큰족의 전부가 아닐 것이라는 생각이 든다는 겁니다."

"그들에게 추가 병력이 있다는 것입니까?"

"그렇습니다."

"이해가 안 됩니다. 지금 바이큰족이 쏟아 부은 병력만 해도 82만입니다. 한데 거기서 더 추가 병력이 있다는 것은……."

"이렇게 생각해 보지요. 바이큰족이 아예 서북 대평원을 버리고 서부로 이전하고, 그와 동시에 제국의 영토를 노린다면요?"

"설마……."

"생각하시는 바대로 바로 총력전입니다. 그들은 15세부터 전사로 나섭니다. 또한 경장을 하기에 익스퍼트에 오른 전사의 수가 제국보다 많지요. 그들이 동원할 수 있는 병력은 최소 120만입니다."

"허어~!"

"……!"

베르누크의 주장에 의하면 아직도 40만에 가까운 병력이 추가될 수 있다는 말이었다. 그렇다면 제국은 가망성이 없었다. 황도를 점령한 것이, 그리고 제국민들의 눈과 귀를 온통 황도로 잡아끈 것이 바로 그러한 연유 때문이라면 서부는 반드시 바이큰족의 손에 떨어지게 되어 있다.

"어찌해야 합니까?"

"우리의 전력을 아끼고 더욱 힘을 길러야 하겠지요."

"황도는……."

"탈환해야 합니다. 상징이기 때문입니다. 하지만 지금은 아닙니다. 저들이 정신을 차릴 시기를 기다려야지요."

"65만의 대군이거늘 힘들다는 것입니까?"

"저들이 왜 10만이라는 대군을 케플란 성에 두었을까요?"

"……그렇군요."

다들 베르누크의 질문을 이해했다. 케플란 성은 시간 벌기다. 때가 되면 그들은 썰물처럼 빠져나갈 것이다. 그러지 않을 수도 있겠지만 황도와 케플란 성을 모두 방어하기에는 제국이 너무 크다.

케플란 성은 버티면 된다. 그 와중에 자칭 징벌군이라고 하며 황도를 되찾겠다고 소리 높이는 이들이 흩어지면 더욱 좋다. 치는데 아무런 표정이 없으면 질리게 마련이고 질리다 보면 스스로 무너질 수도 있음이니 말이다.

"하면 기다려야 합니까?"

"오래지 않아 우리가 자리매김할 조건이 될 겁니다. 그때까지 서로 호흡을 맞춰야 할 것입니다."

베르누크는 다시 오래지 않아 자신들이 활약할 때가 있을 것이라고 단언했다. 물론 모든 것이 베르누크의 생각은 아니다. 괜히 군사장으로 머리 좋은 카림을 옆에다 앉혀 놓은 것은 아니니까 말이다.

모두 각자의 막사로 돌아간 뒤, 베르누크는 막사 밖으로 나왔다. 후줄근하고 텁텁한 느낌이 들었다. 이미 여름인 것이다. 하늘을 바라보니 곧 비라도 내릴 듯 우중충한 검은 먹빛 구름이 잔뜩 깔려 있었다.

베르누크의 시선이 다시 징벌군이 자리 잡은 곳으로 향했다. 그쪽은 여전히 부산했다. 무슨 일인지 탄성과 경호성이 한꺼번에 들리고 병사들의 욕지거리와 귀족들의 불편한 심기까지 들려오는 듯했다.

'알렉산도르 밀리예프. 이 양반아, 사람을 가려서 멀리해야지. 나 뒤끝 굉장한 사람이야.'

베르누크는 로두스에 진을 펼친 2군의 진영을 보머 알 수 없는 비릿한 조소를 날렸다. 지금 이 순간의 완전한 중립이란 사실상 새로운 관계의 정립이었다. 적과 적이라는 새로운 관계 말이다.

CHAPTER
02
연합군의 와해

Knight King

　총사령관인 티아고 로드리게스 후작의 넝을 받아 징벌 2군의 알리스타 오브레임 백작은 서둘러 출발 준비를 했다. 하지만 고래의 전쟁사를 보면 꼭 전공을 탐하는 자들이 있었다. 그 한 예로 선봉장이 출발하기도 전에 먼저 출발한 일단의 군마가 있었다.

　그들은 바로 남부의 귀족 중 한 명인 맥파든 에우로파 백작과 그의 아들 클리든 에우로파 자작이었다. 원래는 선봉 사령관을 원했으나 밀리예프 후작에 밀려 선봉을 오브레임 백작에게 내준 이였다.

클리든 에우로파 자작이라면 알 것이다. 차우세스크 백작의 반란을 진압할 때 베르누크에게 상당한 치욕을 당한 이로, 그로 인해 와이번 기사단의 단장직에서 해임되고 그의 가문에서 근신을 당한 남부의 귀족이다.

아들을 보면 그 아비의 성정을 대충 짐작할 수 있다. 그 아비 역시 아들과 다르지 않아 탐욕스럽고 독선적이었다. 그러한 이가 같은 백작으로서 오브레임 백작의 명을 받들 리는 없었다.

그는 선봉이 출발한다 했을 때 황도에서도 군대를 켈프란 성으로 보냈다는 정보를 듣자 슬며시 군공이 탐이 났다. 첫 전투를 동부의 무식한 놈들에게 뺏기는 것이 싫었던 탓이었다.

해서 몰래 아들인 클리든 에우로파 자작을 불러 군사 3천을 줄 터이니 켈프란 성으로 향하는 적들을 중간에 요격하라 했다. 딴은 그럴듯했다. 적은 방심하고 있을 것이 분명하기 때문이었다.

이에 클리든 에우로파 자작은 몰래 3천을 밤새 몰아쳐 켈프란 성으로 이동하고 있는 적들의 수장을 잡을 목적으로 그들이 하루를 유숙하기 위해 숙영지를 펼쳐, 자정이 되기를 기다려 적의 대장기가 나부끼는 곳을 향해 기습을 실시했다.

하나, 아무것도 없었다. 아차 싶어 후퇴를 명하려 했으나 이미 때는 늦어버렸다. 아비의 말만 믿고 적의 군세조차 확인하지 않고 기고만장하여 기습을 펼쳤던 클리든 에우로파 자작은 적들의 기세에 더럭 겁을 집어먹고 말머리를 돌려 정신없이 후퇴하였다.

"후, 후퇴하라!"

"제국의 개는 달아나지 말라!"

하나 적은 이미 사방을 포위하고 있었다. 달아나려 해도 달아날 공간이 없었다. 사방에 화광이 충천하고 비명 소리가 가득한 가운데 클리든 에우로파는 자신의 앞이 갑자기 어두워지는 것을 느낄 수 있었다.

클리든 에우로파의 고개가 들리며 자신의 앞을 막은 자를 올려나보는 순간 생전 처음 보는 창두에 초승달 모양을 한 할버드와 같은 무기에 목을 잃고 말았다.

"포로는 없다!"

순간 클리든 에우로파의 목을 쳐 낸 자가 광포하게 울부짖었다. 단 한 마디의 외침. 모두 죽이라는 말이었다. 그에 오히려 더욱 발악하던 병사들은 한 명 두 명 그 목을 잃고 땅 위로 쓰러졌다.

장내가 정리되기는 채 30분도 지나지 않았다. 5만의 군세다. 우두머리를 잃은 고작 3천밖에 되지 않은 병사들이 견뎌낼 수 있을 리는 만무했다. 클리든 에우로파의 목을 자른 자는 잔인했다.

"확인 사살 후 출발한다."

"명!"

클리든 에우로파 자작 외 3천 명 전원 전멸. 살아남은 이는 없었다.

그자는 여유롭게 켈프란 성에 입성하였다. 그가 입성한 시각은 정확히 에우로파 자작이 기습한 후로부터 3시간 후였다.

그것을 알지 못하는 오브레임 백작은 동남부 귀족 연합군을 이끌고 선봉에 서 운명의 켈프란 성이 보이는 곳에 숙영지를 정하고 각 사령과 군사를 불러 켈프란 성을 공략하기 위한 전략을 숙의하였다.

하지만 켈프란 성을 공략하기는 쉽지 않았다. 켈프란 성은 전형적인 방어를 위한 성이었다. 수도로 향하는 길목을 완벽하게 차단한, 거대한 성곽과 해자에 입을 다물 수 없을 정도이다.

어찌 보면 켈프란 성의 군사 요새라고 봐도 무방했다. 그것은 황도를 중심으로 동서남북으로 배치된 북의 코마롬 성, 남의 비스크 성, 서의 발칸 성이 모두 동일하였다.

해서 1천 년이 지난 지금까지 제국은 한 번도 황도를 점령당한 적이 없었다. 황도를 둘러싸고 있는 거대한 군사요새인

4대 성 때문이었다.

그 4대 성은 우선 폭 20미터, 깊이 10미터의 거대한 해자가 1차 방어선이다. 2차 방어선은 높이 7미터, 두께 5미터에 이르는 외벽이다. 그리고 테라스 형태로 올라가다 3차 방벽이 나온다.

무려 11미터 높이의 3차 방벽. 외벽과 3차 방벽과의 거리는 불과 10미터. 또한 75미터 간격으로 96개의 첨탑이 있다. 높이는 무려 25미터. 도대체 어찌해 볼 도리가 없는 완벽한 군사 요새.

그것을 성이라고 부르는 이유는 군사들만 살지 않기 때문이다. 상인도 있고, 귀족도 있으며, 영지도 가지고 있다. 해서 그 완벽한 군사 요새를 성이라 부른다.

지금 선봉은 그것을 함락시킬 작전을 구상하고 있는 것이었다. 아군에게 있을 때는 그지없이 듬직하던 것이 적의 수중에 떨어지자 어떻게 작전을 짜볼 요량조차 허락되지 않았다.

해서 궁여지책으로 낸 계책이 바로 적을 밖으로 끌어내는 것이었다. 하지만 적은 쉽게 끌려나오지 않았다. 이에 선봉군에서 한 명의 기사가 나와 기사대전을 신청하기에 이르렀다.

"지나가던 똥개도 기르는 주인은 물지 않는 법이다. 오롯이 제국의 발치 아래 머리를 조아릴 변방의 족속들아. 어서 나와 항복을 하지 않고 무엇하느냐?"

오브레임 선봉군에서 한 명의 기사가 튀어 나오며 목소리에 마나를 실어 켈프란 성을 향해 외쳤다. 적당한 키에 딱 벌어진 어깨. 강직한 얼굴이 전형적인 기사를 보는 듯했다.

"끄끄끄. 재미있구나."

대전사 타이타누스 카이탄이 애병을 들고 일어섰다. 하지만 그의 행동은 이내 한 명에 의해 제지되었다. 타이타누스 카이탄에 비하면 가슴에도 차지 않은 작은 키의 인물.

"어찌 닭 잡는 데 소 잡는 칼을 사용하시렵니까."

타이타누스 카이탄의 눈동자가 군사인 보로실로프스 세이런을 향했다. 무서운 눈빛이었으나 보로실로프스 세이런은 그 눈빛을 담담히 받아내고 있었다.

"끄끄. 닭 잡는 데 소 잡는 칼을 사용한다라. 재미있는 말이다. 그럼 누가 나서겠는가?"

"소장을 보내주십시오."

대전사 카이탄과 군사인 세이런의 눈이 함께 움직였다. 대전사 카이탄의 오부장 중 한 명인 키아부리누스 크레탄이었다. 다부진 어깨와 사각진 얼굴. 그리고 무릎까지 내려오는 긴 팔.

쌍월도를 자유자재로 다루며 제국의 기준으로 오러 리저넌스를 최상으로 펼칠 수 있는, 대전사의 최측근 중 한 명이었다.

"허한다!"

*　　*　　*

그그그그극!

육중한 도개교가 내려졌다. 도개교가 대지와 접하기가 무섭게 그 속에서 한 명의 전사가 쏟아지듯 튀어나왔다. 말고삐도 잡지 않은 채 쌍월도를 길게 늘어뜨리고 거침없이 달렸다.

징벌군의 기사가 반사적으로 자세를 잡았다.

둘은 서로 소개도 없이 그대로 부딪혀 갔다. 말이 필요 없다는 것인가? 그것이 처음이자 마지막이었다. 말이 엇갈리고 사람이 엇갈리자 피 무지개가 뜨며 기사의 목이 땅에 떨어졌다.

"우와아아!"

켈프란 성에서 우렁찬 함성이 터져 나왔다. 이에 또 한 명의 기사가 득달같이 말을 몰아 달려왔다. 기사는 긴 랜스를 들고 나왔다. 단 한 번에 꼬치처럼 꿰뚫을 심산인 것이었다.

크레탄의 입매가 뒤틀렸다. 가소롭다는 표시였다. 이번에도 역시 아무런 소개도 없었다. 긴 랜스에 오러 얀이 씌워졌다. 좌에서 우로 느리게 펼쳐지며 크레탄의 심장을 향해 랜스의 끝이 찔러 들었다.

크레탄의 몸이 말 등과 평행으로 누웠다. 발이 말 머리를 넘기더니 몸이 뒤틀리고 배가 말 등을 향함과 동시에 회전했다. 그의 쌍월도 역시 돌았다. 또 다시 발이 말 머리를 넘을 때 그는 원래의 자세로 돌아와 있었다.

우와아아ㅡ!

우레보다 더 큰 함성이 터졌다. 켈프란 성의 부족원들이 연신 크레탄의 이름을 연호했다. 그는 말을 다시 달려 그대로 허리가 두 동강 난 기사의 목을 잘라 칼끝에 꽂아 들었다.

"크. 레. 탄!"

"크! 레! 탄!"

"우우우~"

한쪽에서는 환호가, 한쪽에서는 야유가 들려왔다. 하지만 크레탄에게는 아무런 지장을 주지 않았다. 흥분한 말을 진정시키고 제국군을 바라보았다. 턱을 치켜들고 가슴을 펴고 폐부에 가득 숨을 들이켰다.

"우습구나! 제국에는 이 키아부리누스 크레탄의 일도를 받아낼 자가 없는 것인가? 제국이 아니라 꼬리를 만 강아지와 다르지 않구나. 크하하하하!"

"저, 저 미천한 놈이!"

"저, 저런!"

반면에 제국의 선봉군은 당혹감을 흘려야만 했다. 두 명의 기사가 죽었다. 아직 기사는 많이 남아 있다. 하지만 초전에 단 일 합도 넘기지 못하고 죽임을 당했으니 군의 사기에 미치는 영향은 대단히 난감한 것이라 할 수 있었다.

"일단 군을 물리시지요."

"어쩔 수 없군."

오브레임 백작은 어쩔 수 없이 군을 물렸다. 더 나아가서 바이큰족의 장수를 이긴다 해도 본전이라는 생각 때문이었다. 씁쓸한 얼굴로 축차적으로 물러나는 병사들을 바라보았다.

"방법이 없는 건가?"

"없지는 않습니다."

"말해보겠나?"

군사 슈미트 카고 경의 말에 눈을 반짝이며 묻는 오브레임 백작이었다.

"듣기로는 켈프란 성의 군사가 과거 제국의 신민이었다고 합니다. 해서 그쪽으로 파고들면 무언가 있지 않겠습니까?"

"사신은 힘들 것이고."

"인편이라는 좋은 방법이 있습니다. 제가 글을 작성하여 그를 설득해 보겠습니다."

"허락하네."

　　　　　＊　　　　＊　　　　＊

"이것이 저에게 왔더군요."

"무언가?"

"읽어보시지요."

대전사 카이탄은 인편으로 전해진 서신을 한차례 훑어내리더니 비릿한 조소를 머금었다.

"끽! 끄끄끄. 별 같잖은 수를 내는군. 어찌할 텐가?"

"별수 있습니까? 들어줘야지요."

"들어준다라?"

대전사 카이탄의 눈동자가 군사 세이런을 바라보며 눈을 빛냈다.

"외성 벽과 내성 벽의 거리가 겨우 10미터입니다."

"끽! 끄하하하하! 그렇군. 그래. 정말 재미있겠구나."

대전사 카이탄이 앙천광소를 했다. 집무실이 쩌렁하게 울릴 정도로 말이다. 그 옆에서 군사 세이런은 말없이 싸늘한 웃음을 지었다.

　　　　　＊　　　　＊　　　　＊

"연락이 왔습니다."

"말해보게."

"내일 자정 무렵. 도개교를 내리겠다 합니다."

"하면?"

"2만 정도의 군사를 보내 일시에 4대 성문을 점령하는 것이 옳다고 판단됩니다."

"그들을 이끌 자는 누구로 하면 좋겠소."

"내가 가겠소."

둘만이 있는 지휘부 막사에 갑자기 한 명의 귀족이 뛰어들었다. 바로 클리든 에우로파의 아비인 맥파든 에우로파 백작이었다. 그가 오만하든 탐욕이 강하든 간에 그 이전에 죽은 자식을 둔 아비였다.

그의 눈동자는 결연하게 빛났고, 분을 참고 있는지 벌게져 있었다. 그를 보자 오브레임 백작과 카고 경은 고개를 끄덕일 수밖에 없었다. 어쨌든 자신들이 선봉에 섰으니 이번에는 남부의 인물이 나서야 할 때였다.

*　　　*　　　*

그그그그극!

달빛조차 없는 고요한 밤에 켈프란 성의 도개교가 서서히 내려오고 있었다. 그리고 그 도개교가 도달한 곳에는 일단의 군마가 군집해 있었다. 은밀함을 요구하는지 그들은 다들 가벼운 차림이었다.

될 수 있으면 소리를 내지 않기 위해 모든 무기와 부딪혀 소리가 날 만한 것들은 헝겊으로 겹겹이 싸 그 소리를 없앴다. 마침내 도개교 땅에 도달하자 거침없이, 그리고 신속하게 켈프란 성으로 사라졌다.

"다들 들어왔는가?"

"그렇습니다."

"한데 그자는 안 나오는 것인가?"

"배신이란 그리 쉬운 것이 아니니까요."

"그러한가? 하면, 좋다. 군을 나눈다. 본 작은 이곳에 남는다. 찰스 경이 1대로 북문을, 네임 경이 2대로 서문을, 글로린 경이 3대로 남문을 맡는다. 이상. 질문 있나?"

"없습니다."

"출발하도록!"

모두 출발을 위해 병사를 움직였다. 하지만 유일하게 넓은 도개교 지역이라고는 하지만 2만이라는 인원이 움직이기에는 쉽지 않았다. 그중 가장 먼저 이동 경로에 도착한 이가 고개를 갸웃거렸다.

"서문으로 이동하는 방향이 막혔습니다."

"음? 무슨 말인가?"

"북문으로 향하는 방향 역시 막혔습니다."

"뭣?"

에우로파 백작의 얼굴이 갑자기 일그러졌다. 이러한 경우 충분히 예상할 수 있는 범위의 작전이 생각났다.

"다, 당했다."

그와 함께 사위에서 불이 밝혀졌다. 그 위에는 유약해 보이는 한 명이 자신들을 내려다보며 크게 웃으며 외쳤다.

"하하하하. 내가 제국민이었다는 것을 어찌 알았는지 모르겠으나, 그렇다 해서 제국을 위할 것처럼 보였던가? 날 알아주는 것은 제국이 아니라 대바이른이었다. 쏴라!"

"피, 피해랏!"

에우로파 백작은 얼굴이 창백해지면서 외쳤으나 이미 늦었다. 독 안에 든 쥐였다. 무려 7미터 위에서 일빙적으로 쏟아지는 화살비에 그들이 할 수 있는 최선은 비명을 지르는 것뿐이었다.

그러한 제국의 병사들을 바라보며 바이른족의 군사 세이런은 멀리 밖에서 진을 치고 있는 제국군을 바라보았다. 물론 그의 입매는 잔인하게 비틀려 있었다.

그 시각, 제국군의 진영.

옐로우 문도 뜨지 않은 캄캄한 밤에 제국군의 숙영지는 화톳불을 내 진영을 밝히고 있었다. 이미 작전은 시작되었기에 병사들은 모든 무장을 풀지 않고 비상 대기 상태에 있었다.

"어? 무슨 소리 들리지 않았어?"

"무슨 소리?"

"못 들었어?"

"에이! 무슨 소리는. 다들 긴장해서 그렇겠지."

"그, 그런가?"

실제 지극히 조용한 가운데 병사들과 기사들은 긴장한 채 켈프란 성에서 약속된 신호가 터져 나오기를 고대하고 있었다. 전투를 치르지 않고 성을 탈환할 수 있다면 그보다 좋은 것은 없으니까.

"어?"

"왜?"

"저기!"

"어디~"

목을 길게 뽑아 같이 보초를 서던 병사가 가리킨 방향을 바라보던 병사. 하지만 둘은 순간 눈을 크게 뜨고 말이 없었다. 그리고 그들의 이마에서 흘러내리는 선명한 선혈.

"포로는 없다. 돌겨~ 억!"

"돌겨~ 억!"

"저, 적이다!"

"적이다!"

대전사 타이타누스 카이탄이 기형병기를 들고 말을 몰아 제국군 선봉의 가운데를 그대로 돌입했다. 그와 같이 선봉의 후면을 제외한 삼면에서 벼락같이 쇄도해 오는 바이큰족.

이에 놀란 오브레임 백작은 잠시 벗어놓았던 플레이트 메일을 입고 말 위에 올랐다. 하나 마치 기다리고 있었다는 듯이 대전사 카이탄이 나타났다. 서로를 향해 몇 마디 나눌 사이도 없이 두 사람은 자신의 무기에 오러를 주입하며 전투에 돌입했다.

이미 삼면이 바이큰족의 기마병이었다. 어찌해 볼 도리가 없었다. 급히 카고 경이 후퇴를 외쳤지만 이 혼란의 와중에 제대로 된 후퇴가 있을 수 없었다.

오브레임 백작의 검에서 긴 검명이 울려 퍼졌다. 여타의 기사들이 본다면 충분히 위축될 만한 최상급의 실력을 여실히 드러내고 있었다. 하지만 기형병기를 들고 있던 대전사 타이타누스 카이탄은 새하얀 송곳니를 드러내며 웃었다.

대전사의 무력은 압도적이었다. 아니, 어쩌면 지금의 이 대전을 즐기는 것만 같았다. 실력이 뛰어남에도 상대에게 맞춰 준다는 느낌을 지울 수 없는 오브레임 백작이었다.

그러는 동안 또 한 명의 기사가 대전사 카이탄을 기습했다. 하지만 그뿐이었다. 그의 기형병기에서 솟아나는 오러 블레이드. 그것은 분명 오러 블레이드였다.

"오, 오러 블레이드!"

오브레임 백작은 절망적인 음성을 내뱉었다. 자신이 아무리 마스터를 목전에 둔 최상급의 기사라고는 하나 오러 블레이드를 다루는 마스터는 당해낼 수 없었다.

그러한 그를 향해 기형병기의 창두를 오브레임 백작을 향해 가리키며 오만하게 묻는 대전사 카이탄이었다.

"제국에는 인물이 없군. 어떻게 그런 제국에 우리가 이리도 핍박을 받았던가. 선조가 너무 허약했던 것인가?"

"이익! 감히!"

"감히?"

쿠화아아악!

거센 기세가 일어났다. 도저히 오브레임 백작으로서는 견뎌낼 수 없는 그러한 거센 기세.

"우욱!"

"잘 놀았다."

"무슨!"

대전사 카이탄의 기형병기에서 백색의 오러 블레이드가 갑자기 길어졌다. 아니, 튀어나왔다고 해야 할 것이다. 그 오러 블레이드가 반원을 그리며 사정권 안에 있는 모든 이의 목을 쓸었다.

남은 것은 오브레임 백작을 위시한 그를 돕기 위해 다가오던 여남은 명의 기사들의 목에 그어진 한 줄기 혈선뿐이었다.

대전사 카이탄이 창두로 오브레임 백작의 목을 찍었다. 그 목을 들어 올리며 외쳤다.

"적장의 목이다. 자랑스러운 평원의 전사들아! 복수의 시간이다!"

"우와아아아!"

*　　*　　*

제국의 귀족 연합군. 자칭 바이큰 징벌군은 연전연패를 당했다. 최초 주둔했던 로두스에서도 밀려나 바르카까지 군을 물린 상태였다. 선봉을 포함해 그동안 잃은 병력이 무려 21만이었다.

최초 북부군을 제외하고 65만이었던 군세가 44만으로 줄어버렸다. 그에 반하여 켈프란을 배경으로 징벌군을 바르카까지 밀어낸 바이큰족의 군세는 여전히 9만을 유지하고 있었다.

이에 징벌군은 바르카에서 진영을 펼치고 연일 갑론을박을 해대고 있었으나 뚜렷한 합의점이 나오지를 않았다. 그럴 수밖에 없는 것이 8만의 병력을 잃은 2군 사령관인 밀리예프 후작이 몸을 움츠렸기 때문이었다.

징벌 2군은 숨을 고르자 했다. 하지만 징벌 1군이 잃은 병력은 13만이다. 가뜩이나 2군보다 5만 정도 작은 30만으로 시작해서 13만을 잃었으니 그 군세가 17만으로 줄어 총사령관으로서의 입지가 흔들거리고 있는 것이었다.

이에 1군은 당장 모든 병력을 동원해 적을 주살해야 한다는 주전론을, 2군은 다시 군을 편제하여 신중하게 대적하여 한다는 신중론을 제기하였다. 그 와중에 징벌군은 다시 편이 갈라졌다.

때문에 지금의 지휘관 막사는 시장 통을 방불케 할 정도로 시끌벅적했다. 서로 자신들의 주장이 옳다고 목소리를 높이고 있는 판국이니 어찌 정리해야 할지 난감해하는 총사령관이었다.

"그만! 그만들 하시오!"

"……."

총사령관인 로드리게스 후작이 마나를 실어 외치자 시끌벅적했던 막사가 조용해졌다.

"대체 이게 무슨 일이란 말이오. 다 함께 힘을 합쳐도 모자랄 판에 서로 자신의 몫을 챙기겠다고 하다니."

"2군의 생각은 확실합니다. 조금 더 신중을 기해야 합니다. 조금 더 조직적으로 움직여야 저들을 징치할 수 있을 것입니다."

“크흠.”

2군 사령관이 밀리예프 후작의 말에 총사령관인 로드리게스 후작의 인상이 살풋 찡그려졌다. 말이 신중론이지 총사령관이라는 자리를 차지하여 실질적으로 징벌군을 좌지우지하겠다는 밀리예프 후작의 의도를 알고 있기 때문이었다.

그러다 지금껏 한 번도 발언을 하지 않고 작전에도 참여하지 않은 3군 사령관, 베르누크를 보게 되었다. 그는 여전히 침묵하고 있으며 여전히 관망하고 있었다.

“3군 사령관도 할 말이 있지 않소?”

로드리게스 후작의 말에 몇몇 귀족의 시선이 순간적으로 베르누크를 향했다. 그가 갑자기 호명되어서 당황할 만도 한데 전혀 그런 내색 없이 검지로 볼을 살짝 긁으며 말을 했다.

“3군은 이 시간부로 징벌군에서 딜퇴하고 독자적으로 움직이겠습니다.”

갑자기 조용해졌다. 심지어 베르누크가 3군 사령관임을 인정하지도 않고, 지금의 발언에도 집중하지 않던 귀족들의 시선까지 전부 그를 향했다.

“그게 무슨 말인가?”

“징벌군에서 탈퇴하겠다는 말입니다.”

“그게 어디 말 같지 않은 소리란 말인가?”

“왜 말이 안 됩니까?”

"제국을 위해서 모인 징벌군이네. 어찌 사사로운 감정으로 대의를 저버리려 하는가? 그러고도 그대가 제국의 귀족이라 할 수 있단 말인가?"

실로 준엄한 꾸짖음이었다. 그에 베르누크는 살짝 눈을 치켜뜨며 그 말을 읊은 이를 바라보았다. 그는 남부의 귀족이었다. 세모꼴의 얼굴에 간신 수염이 나 있었으며, 하관이 빨라 얄팍한 인상을 주는 사내였다.

"누군지 모르겠으나 하나 묻겠소."

"나는 남부의 가렌 크렌우드 자작이다."

"같은 자작이니 말 놔도 되겠네."

"무, 무어라. 어디 감히. 자작이라 해서 다 같은 자작인 줄 아느냐?"

"감히? 웃기는군. 네놈은 그저 일개 군대를 움직이는 장수지만 나는 같은 자작이지만 군을 이끄는 사령관이다. 감히 라는 말은 내가 너한테 써야 하는 것이다."

"뭐, 뭐라?"

"불만이면 정식으로 결투를 신청하도록. 그도 아니면 상관 모독죄와 지휘관으로서 기강을 바로 잡지 못함을 들어 군율을 적용할 것이다."

베르누크가 날카롭게 변한 눈으로 자신을 가렌 크렌우드 자작이라 소개한 귀족을 바라보았다. 크렌우드 자작은 베르누크의 날카로운 눈에 찔끔하더니 이내 꼬리를 말았다. 자신이 상대하기 껄끄럽다는 것을 안 것이다.

"무엇을 물으려 했나?"

이번에는 총사령관이 베르누크의 기세를 누르며 물었다. 그 또한 소드 마스터였다. 해서 웬만한 기사들의 기세는 쉽게 소멸시킬 수 있는 능력이 있다. 하지만 베르누크의 기세는 쉽게 누그러지질 않았다.

그러자 로드리게스 후작이 의외라는 듯이 눈썹을 올리며 물었다. 애송이가 아니라는 증거로는 충분했다. 로드리게스 후작은 베르누크 아이젠이라는 귀족에 대한 생각을 다시 고쳐야만 했다.

"제국이 북부에 해준 것이 무엇이고, 징벌군이 대체 북부군에게 해준 것이 무엇입니까?"

"그것은……."

대답을 하려 했으나 섣불리 꺼내지 못하는 로드리게스 후작이었다. 하지만 머리가 총명한 자는 다른가 보다.

"귀족이라면 응당 해야 할 것입니다. 무엇을 해주고 해주지 않고의 차이가 아닙니다. 노블리스 오블리제라는 말이 있습니다. 귀족의 권리가 있으니 귀족의 의무 역시 따라야 하지 않겠습니까?"

로드리게스 후작의 입장을 대변하여 그의 군사인 레슬리

그로부즈 경이 베르누크의 말을 받았다. 베르누크는 무심하게 레슬리 그로부즈 경을 바라보았다.

"노블리스 오블리제라. 과연 그렇구려. 그래서 남부에서는 겨우 30만의 병력과 동부에서는 겨우 35만의 병력을 동원했구려. 내가 알기로는 남부 귀족의 수는 162명, 동부의 귀족은 137명인 것으로 알고 있소. 각기 1천명의 병력을 동원한다면 16만과 13만이겠으나 실제 내가 아는 군세로는 남부는 난 후 복구가 되지 않아 힘들다 할지라도 최소 1백만의 군세와, 동부는 70만의 군세를 동원할 수 있다 알고 있소. 여기 참석한 귀족을 보니 동부는 겨우 32명의 귀족에 남부는 겨우 39명의 귀족이 참여했구려. 나머지 귀족은 대체 왜 참전하지 않는 것이오? 그들은 귀족 아니오?"

단숨에 말한 베르누크는 밀리예프 후작과 로드리게스 후작, 그리고 자신에게 노블리스 오블리제를 강요하던 레슬리 그로부즈 경을 차례로 바라본 후 좌중을 쓸어보았다.

"북부의 귀족은 많아야 76명. 그중 절반에 해당하는 35명의 귀족이 바이큰족의 침략으로 목숨을 잃었거나 스스로 그들에게 복속되었소. 남은 귀족은 41명이오. 41명 중 전후 복구를 위해 남은 귀족을 제외하고 혹은 알량한 노블리스 오블리제에 의거, 같은 북부인 이면서도 스스로 그것을 부정하는 자들을 제외한 7명의 귀족이 16만이라는 병력을 대동하고 참

전했소. 인구와 병력, 그리고 지원 등 모든 것이 뒤진 북부에
서 고작 7명의 귀족이 모아 참전한 병력이 16만이오."

베르누크가 하나하나를 세세히 짚어내자, 노블리스 오블
리제라는 귀족의 신념에 맞지 않는다 하여 눈살을 찌푸리던
동부와 남부의 귀족들은 슬쩍 얼굴을 붉혔다. 특히 동부와 남
부의 수장으로 있는 밀리예프 후작과 로드리게스 후작은 상
당히 당황하고 있었다.

하지만, 베르누크의 말은 그것이 끝이 아니었다.

"동부가 32명이고 서부가 39명이면 적어도 북부의 네 배가
넘는 병력이 참전해야 하오. 그런데 고작 35만과 30만이오.
그것이 노블리스 오블리제요? 그리고 현실적으로 물어보고
자 하오. 여기서 진정 제국을 위해 참전한 귀족 분들 계시오?
제국을 위한다면 전공을 탐하지 말아야 할 것이며, 기사라면
기꺼이 자신의 가슴을 전장에 바쳐야 할 것이오. 누가 있소?
그러한 귀족과 기사가 말이오."

베르누크의 말은 신랄하고 직설적이었다. 여기 모인 모든
귀족과 기사가 절대 피해갈 수 없는 가장 근본적인 물음이었
기 때문이었다. 그 누구도 베르누크의 말에 감히 '틀리다' 라
고 할 수 없었다.

겉과 다른 속마음. 그것을 감추기 위해 대의 혹은 노블리스
오블리제라는 멋진 말로 포장한 것뿐이라는 것은 모두 알고

있다. 그에 이미 얼굴이 벌게지면서, 자신의 잘못을 분노로 감추려 하는 귀족들까지 보였다.

"지금 본 작이 보기에 여기 있는 귀족들은 제국의 미래를 알고 있소. 그런데 왜 참전했느냐? 그것은 당위성의 문제요. 바로 명분 말이오. 총사령관 이하 모든 귀족이 황도를 탈환하고자 하는 근본적인 이유는 알고 있는 제국의 미래를 바꾸고자 온 것이 아니라 명분과 함께 더 큰 명성을 얻어 정통성을 강조하기 위함이오. 그런데 제국을 위해서라? 신성한 노블리스 오블리제라? 기사로서 그 명예를 지키기 위함이라? 이제 그만 얼굴을 드러내는 것이 어떻겠소? 다들 아는 사실을 굳이 가면을 쓸 필요는 없으니 말이오."

차분하고 낮은 목소리로 물 흐르듯 말하는 베르누크의 말에 누구 하나 대답하는 사람 없었다. 그의 말은 가장 근본적인 말이었다. 여기 참전한 모두의 마음에 담고 있던 바로 그 생각과 마음가짐 말이다.

"해서 본 작이 이끄는 북부군은 징벌군을 탈퇴하여 독자적으로 움직이겠습니다."

그렇게 말하고는 휑하니 지휘관 막사를 나가 버리는 베르누크였다.

"저, 저런……."

"역시 배우지 못한 놈들이란……."

"천박한 북부인 주제에……."

일제히 베르누크를 호도하는 말이 터져 나왔다. 2군이든 1군이든 상관없이 똑같은 말이었다. 북부인이 어떻다느니 노블리스 오블리제가 어떻다느니 뭐 이런 식이었다.

"본 작 역시 따로 움직이겠습니다."

이번에는 밀리예프 후작이었다. 어차피 한 명에 의해 모두 드러난 사실. 다들 알고 있으나 쉬쉬 하고 있던 사실. 굳이 같이할 필요성을 느끼지 못한 밀리예프 후작이었다.

그의 생각과 행동은 빨랐다. 지금 이 상황에서 부정한다는 것 자체가 어불성설이다. 그러느니 차라리 깨끗하게 인정하고 본격적으로 전면에 나서는 것이 낫다. 한시 빨리 자신의 세력을 구축해야 하니 말이다.

이미 갈 길은 정해졌나. 미련없이 막사를 떠나는 밀리예프 후작은 오히려 후련하다는 표정까지 짓고 있었다. 얼굴을 간질이던 가면을 벗었으니 말이다.

"어디로 가실 겁니까?"

"남을 것이네."

"남으로 가시는 것이 아니었습니까?"

"저들은 다시 재정비를 해야 하네. 이곳보다는 남이 유리하겠지."

"하명하실 일이라도?"

“다크 쉐도우와 다크 나이츠를 부른다.”

“모두입니까?”

“다크 쉐도우 1개 조와 다크 나이츠 1개 단이면 되겠지.”

“명을 받듭니다.”

참모장 멘테스 경이 고개를 숙이고 물러났다. 밀리예프 후작은 부산하게 움직이기 시작하는 북부군을 바라보며 불현듯 나직이 되뇌었다.

“내가 실수를 했구나. 그를 놓치는 것이 아니었는데. 천추의 한이 되는구나.”

밀리예프 후작이 자신의 잘못된 판단을 아쉬워할 때 지휘부 막사에서 참모장과 같이 있던 로드리게스 후작 역시 베르누크를 다시 평가하고 있었다.

“울고 싶은데 뺨을 때려주는군.”

“그냥 넘길 인물은 아닌 듯합니다.”

“저 정도면 그냥 넘기지도 못해.”

“어찌하실 겁니까?”

“지금은 내 코가 석 자니 묻어야지. 하나, 정비가 되면 가장 먼저 그자를 잡아야 해. 더 크기 전에.”

“알겠습니다. 어디로 가실 겁니까?”

“남으로 가야지.”

“디스트로이어를 부릅니까?”

“불러야겠지. 알아서 하도록 하고, 얼마나 정리되었지?”

“절반 정도입니다.”

“쯧. 조금만 더 시간이 있었으면 좋았을 것을.”

“남에서도 충분합니다.”

“그래 그렇겠지.”

“그럼.”

참모장이 나가자 로드리게스 후작은 의자에 깊숙이 몸을 묻으며 깍지를 끼고 조용히 눈을 감았다.

“북부에 별이 떴군.”

밀리예프 후작과 로드리게스 후작의 시선을 한 몸에 받아 버린 베르누크가 있는 북부군의 진영.

따로 챙길 것은 없었다. 치중도 없을 뿐더러 보병 수송 전투 차량에 보병이 탑승만 하면 끝이었다. 그들의 움직임은 신속하다는 말이 무색할 정도였다.

“어디로 가십니까?”

“북부 코마롬 성으로 이동합니다.”

“이때를 기다리신 것입니까?”

“예정된 수순일 뿐입니다.”

테레지아 남작은 순수하게 감탄하고 있었다. 마치 하늘을 나는 와이번이 땅에 있는 먹이를 발견하고, 먹이가 안심하기까지 기다렸다 순식간에 낚아채는 것 같은 신속함이었다.

또한 그 신속함에 따른 대담함도 놀라웠다. 무려 70여 명에 가까운 귀족들 사이에서 그렇게 대담한 말을 직접적으로 할 수 있다는 그 자체가 부러웠다.

"대단하군요."

"본 작은 오히려 그대가 더 대단하다 생각하오만."

베르누크는 고개를 돌려 테레지아 남작의 눈을 직시하며 대답했다. 그에 테레지아 남작의 고개가 갸웃했다. 모르겠다는 말이었다.

"왜입니까?"

"나는 남자이고 덩치도 크지요. 정식적으로 남작의 작위도 이어 받았고요. 하나 남작은 그러지 않지요. 여자임과 동시에 여느 귀족가의 여식에 비하면 큰 체구이나 여전히 기사들과는 비교조차 안 됩니다."

테레지아 남작은 고개를 끄덕였다. 그녀가 여기 서기까지 수많은 우여곡절을 겪었다. 결혼을 포기했다. 여자로서의 삶조차 포기했다. 여인의 가장 큰 무기라 할 수 있는 얼굴에는 좌상에서 우하로 지렁이같이 꿈틀거리는 검상까지 있었다.

"하지만 지금의 그 모습. 제가 아는 어떤 여인들보다 아름답습니다."

　그렇게 한마디를 남기고 베르누크가 말을 몰아 앞으로 나아갔다.

　그런 그의 등을 테레지아 남작이 멍한 눈길로 쳐다보았다. 검상이 남은 그녀의 얼굴이 아름답다고 말해준 사람은 처음이었다. 그녀의 이름 앞에는 늘 철혈이라는 단어가 붙었고, 모든 사람이 그녀를 그에 걸맞게 대했으니까.

　“…….”

　테레지아 남작은 오래토록 베르누크의 등을 보고 서 있었다.

CHAPTER
03
테레지아 남작의 활약

Knight King

　모여 있던 징벌군이 삼자 갈라졌다. 베르누크는 북극성이
라 불리는 코마롬 성으로, 로드리게스 후작은 십자성이라 불
리는 비스크로, 그리고 밀리예프 후작은 바르카에서 철저하
게 방어 위주로 견고한 진을 쌓고 대기했다.

　그 소식은 빠르게 바이큰족 진영에도 들어갔다.

"내분입니다."

"좋은 건가?"

"병력을 돌려야 합니다."

"북극성과 십자성이 위험하다는 말이군."

군사인 미하일로스 세이건의 보고에 고개를 주억거린 타이타누스 카이탄 대전사는 묵직한 어조로 나직이 으르렁거렸다.

"서서히 준비할 때가 된 것인가?"

"그 전에 제국군의 세를 최대한 줄여야 합니다."

"바르카에 있는 놈들은 후방 지원을 기다리는 것이겠고, 십자성으로 향한 놈들은 병력을 보충해 달려들겠군."

"그럴 것입니다."

"대족장께 전해야 하겠군."

"이미 전했습니다."

"끅! *끄끄끄.* 그래도 아쉽군. 제대로 놀지도 못했는데."

대전사인 타이타누스 카이탄은 진정으로 아쉽다는 듯이 기괴한 웃음을 지어 보였다. 그에 군사인 미하일로스 세이건은 마치 달래듯 조용히 말을 이었다.

"많이 줄였습니다. 앞으로도 더 줄어들 것이고 말입니다. 저들이 황도를 둘러싼 네 개의 성 중 세 개의 성을 공략하면서 막대한 피해를 입을 것입니다. 다만 아쉬운 것은 서부를 다 정리하지도 못했는데 저들이 너무 빨리 분열되었다는 것입니다."

"그렇지."

"문제는 저것이 누구에 의해 의도된 것이냐, 아니면 서로 전공을 다투는 과정에서 일어난 불협화음에 의한 분열이냐에 달렸을 것입니다."

군사의 설명에 고개를 주억거리는 대전사. 하지만 결코 새로운 것을 알았다는 표정은 아니었다. 그 정도는 이미 추측하고 있었다는 그러한 표정이었다. 하나 그는 자신의 추측을 내뱉지 않고 군사에게 물었다.

"뭐가 다르지?"

"후자라면 문제가 안 되지만 전자라면 무서운 적입니다. 아마도 바이큰족이 제국을 도모함에 있어 가장 큰 적이 될 가능성이 높습니다."

"끄끄끄. 나는 전자이길 원한다."

적이 오히려 뛰어나기를 원하는 자. 그는 바이큰족의 대전사인 타이타누스 카이탄이었다. 오로지 뛰어난 자를 위한 자가 바로 그다. 일생을 그렇게 살아왔고 앞으로도 그렇게 살아갈 자.

군사인 보실로프스 세이런은 그러한 타아타누스 카이탄을 존경과 흠모를 담은 눈으로 보다 이내 아쉬운 한숨을 내쉬었다. 뛰어난 두뇌와 대세를 읽는 정확한 눈을 가진 그다.

그리고 대족장을 제외하고는 누구에게도 굽히고 들어가지 않을 용자 중의 용자. 그래서 더 아쉬웠다. 차라리 조금 모자랐다면, 한쪽으로 편중되었더라면 하는 바람이었다. 너무 뛰어나기에 품을 수 있는 자가 적은 자였다.

물이 깨끗하면 고기가 살지 않는다. 지금의 대전사가 그러하였다. 지금은 전쟁 중이다. 그러하기에 절대적으로 필요한 존재. 하지만 전쟁이 끝나면 그 소용이 다하는 존재. 이미 그도 알고 있으리라.

보실로프스 세이런은 대전사의 방을 나왔다. 그리고 10만 중 3만을 남의 십자성으로 보냈다. 북의 북극성은 황도에서 1만, 켈프란에서 다시 2만을 보내야 할 것이다.

＊　　＊　　＊

"견고하군요."

브레이번 자작이 북극성이라 불리는 코마롬 성을 보며 내뱉은 첫 한마디였다. 모양은 동, 서, 남, 북이 모두 같았다. 하지만 멀리서 바라보는 것과 병사들의 수까지 보일 정도의 가까운 거리에서 보는 성은 달랐다.

한마디로 거대하고 단단하다는 느낌이 들었다. 저런 성을 어찌 공략해야 할지 도무지 감조차 오지 않는다는 표정이 지배적이었다. 하지만 베르누크와, 그와 오랫동안 같이했던 이들은 담담하기만 한 표정이었다.

"사령관 각하! 무슨 수가 있는 겁니까?"

이제는 아주 대놓고 사령관 각하라 한다. 그것은 비단 물어보는 스틸러스 남작만이 아닐 것이다. 하지만 그것을 쉽게 내뱉을 귀족들 또한 아니었다. 맞다 해도 한 번 더 생각하는 것이 귀족이니 말이다.

스틸러스 남작의 경우 줄곧 베르누크가 선망의 대상이었으니 가장 먼저 그 마음의 벽을 허문 것이었다.

방금 스틸러스 남작이 물어본 의문은 당연한 것이었다. 200여 년에 걸쳐 완공된 황도를 감싸고 있는 네 개의 성이다. 그리고 완공된 이후 한 번도 함락된 적이 없는 절대의 성이다.

"군사의 작전 계획 설명이 있을 것이니 모두 막사로 이동하지요."

말과 함께 베르누크를 비롯한 모든 지휘관이 지휘관 막사로 이동했다. 하지만 얼굴은 별로 밝지 않았다. 저런 견고한 성을 상대로 무슨 작전이라 할 만한 것이 과연 있을지가 더 걱정이니 말이다.

하지만 군사장인 카림은 아닌 것 같았다. 저것도 성이고 인간이 만들어낸 것이라면 인간이 점령할 수 있다고 생각하는 것 같았다. 그는 차분하게 작전을 설명했다.

"가장 먼저 장군전을 신청합니다. 물론 장군전과 함께 병력을 보내 세를 과시합니다. 저들이 장군전에 응하면 장군전에 나간 사람은 짐짓 싸우는 체하다 등을 돌려 적장과 적군을 유인합니다. 그리고 이곳에서 제2군이 기다려 적을 다시 유인하여 이곳까지 깊숙이 유인합니다. 지금은 여름 조그만 동산 같지만 초목이 무성해 여기까지는 볼 수 없을 것입니다. 그리고 이곳에서 적을 잡고, 적의 옷을 갈아입고 성으로 입성합니다. 그 후 2개조로 나뉘어 적의 군사를 잡고 성문을 열면 됩니다."

아주 간단한 설명이었다. 말 같이만 된다면 정말 훌륭한 작전이라 할 것이다. 성을 파괴하지 않고 고스란히 얻을 수 있는 작전이니 말이다.

"요는 적장과 적병을 유인하는 것이 문제이지 않습니까?"

"적장이 그리 쉽게 경동하겠습니까?"

오히려 첫 단추부터 문제가 제기되었다. 황도를 지키는 4대 성을 맡긴다는 것은 그만큼 지략을 지녔다고 해도 무방한 자일 것이다. 그러한 자가 시간만 벌면 될 일을 크게 벌이려 하겠느냐가 문제였다.

"제가 가겠습니다."

일제히 시선이 목소리의 주인공에게 쏠렸다. 테레지아 남작이었다. 그녀는 이 작전을 가장 손쉽게 성공시킬 수 있는 사람은 자신밖에 없다는 것을 직감적으로 느끼고 있었다.

이 장면은 바로 카림의 노림수였다. 은연중 테레지아 남작

을 무시하는 경향이 있는 귀족들에게 경종을 울리고 약한 여
자도 저리 열심히 하는데 당신들은 무엇을 하느냐 하는 일종
의 채찍도 되었다.

베르누크 역시 그러한 카림의 노림수를 읽었다. 베르누크
의 시선이 테레지아 남작의 눈동자로 향했다. 테레지아 남작
의 눈동자에는 강렬한 열망이 피어오르고 있었다.

정면으로 바라보는 두 쌍의 눈은 상당히 많은 대화를 나누
고 있었다. 이내 베르누크가 피식 웃었다.

"허락합니다."

"감사합니다."

"2차 유인조는 아드리안 남작이 합니다. 적이 이것이 유인
작전이라는 것을 알아차릴 수 없게 만드는 교란 조는 스틸러
스 남작이 담당합니다. 후방의 벽을 형성하는 자물쇠 조는 베
인 경이 담당합니다. 또한 적의 허리를 양분하는 역할은 브레
이번 자작과 크라베이더 남작이 담당합니다. 마지막으로 적
과 교전 후 잠입할 잠입 조는 롬멜 백작께서 담당합니다. 질
문 있습니까?"

있을 리 없다. 가장 중요한 적의 유인에 있어서 테레지아
남작이라면 충분히 가능성이 있기에 말이다. 만약 그녀가 실
패하면 이 작전은 모든 것이 실패할 수 있음이었다.

작전회의가 끝나고 제각각 병력을 점검하기 위해 자리를

벗어났다. 하나 베르누크와 카림은 계속 지휘관 막사에 남아 있었다.

"성공 확률이 얼마나 될까?"

"테레지아 남작이 잘 해준다면 10할 가능합니다."

"하기는 저들이 여인네를 상당히 경시하는 면이 있긴 하지."

"경시하기보다는 재산으로 평가하는 그들입니다."

"가능하긴 한데……. 견뎌낼 수 있을까?"

"걱정되십니까?"

"걱정? 당연히 되지."

그러한 베르누크의 말에 의미심장한 웃음을 띠는 카림이었다.

"하면 가서 몇 수 가르침을 내리시든지요."

"그게 어디 오늘 하루 가르친다고 돼?"

"그래도 안 하는 것보다는 낫지 않습니까?"

"흐음."

고민에 빠진 듯 볼을 긁적이는 베르누크였다. 약간 고민되는 모양이었다. 그냥 가서 조금 지도해 주면 훨씬 더 안정되게 내일의 작전에 임할 수 있을 터인데, 괜히 쭈뼛거리는 이 느낌은 무엇인지 카림은 의문스럽게 생각했다.

테레지아 남작은 검을 휘두르고 있었다. 그녀의 애병은 바스타드 소드였다. 여자로서는 큰 키인 175센티미터. 거친 손. 상처 입은 얼굴. 이미 그녀는 여자로서의 삶을 포기했다.

바스타드 소드가 거칠게 움직였다. 좌에서 우로. 아래에서 위로. 그림처럼 움직였고, 빗살처럼 전진하면 한 손으로 찌르고, 왼발을 축으로 하여 휘돌며 배후로 찌르고, 몸을 비틀어 막고, 감아 치고 있었다.

우뚝!

그러다 멈췄다. 옐로우 문이 가득한 날 밤. 바닥에 있는 돌멩이조차도 알아볼 수 있을 정도로 밝다. 그녀가 있는 곳에 낯선 이가 들어서고 있었다. 아니, 정확히는 낯선 이가 아니었다.

"여자로서 바스타드 소드는 중검이라 할 수 있소. 중검을 다루기에는 남자와 달리 힘이 달리지요. 그것을 만회할 수 있는 것은 흘리기요."

"흘리기입니까?"

"오시겠소?"

베르누크는 자신의 애병인 할버드의 끝을 잡고 창두를 땅에 대고 비스듬히 몸을 세웠다. 완벽한 방어자세. 다른 이가 그것을 본다면 만용이라 할 것이다. 하지만 테레지아 남작은 이미 베르누크의 무력을 견식한 바 있다.

"그럼!"

테레지아 남작의 바스타드 소드에 오러 얀이 새하얗게 빛이 났다. 그녀의 두 손이 바스타드 소드의 그립을 채웠다. 이두와 전완근에 선명하게 드러나는 동맥이 그녀가 얼마나 단련했는지 단적으로 보여주었다.

"하압!"

단말마를 외치며 빠르게 움직여 아래에서 위로 그어 올리는 테레지아 남작이었다. 가느다란 실타래가 풀리듯 베르누크의 측면을 사선으로 검날이 지나갔다.

베르누크 역시 할버드에 오러 얀을 둘렀다. 창두가 무언가에 끌리듯 움직여, 그어오는 바스타드 소드의 검면에 붙어 기이한 소리를 내며 방향을 틀어 흘려냈다.

치이이잇!

힘이 묘하게 흘러갔다. 느낌도 살아 있건만 원하는 방향으로 힘이 작용하지 않았다. 이에 테레니아 남작은 몸을 빙글 돌리며 베르누크의 하단을 쓸어갔다. 하지만 그 역시 창두와 날카롭게 벼려진 도끼날에 막혔다.

카랑!

"후욱!"

터더덕!

테레지나 남작이 재빠르게 뒤로 물러섰다. 흡사 철벽이었다. 똑같은 오러 얀이건만 너무나도 견고하여 어디를 공격해야 할지 난감했다.

그때 베르누크의 할버드가 어느새 위에서 아래로 쪼개져 들어왔다. 테레지아 남작은 자세를 낮추며 그럽을 잡은 두 손을 슬쩍 기울여 힘을 분산시키려 했다.

정면으로 막아서는 그 힘을 감당할 수 없을 것 같아서였다.

카르르릉!

"지금과 같은 방법이오. 상대는 남자이기에 같은 조건이라면 당연히 힘이 우위에 있소. 검을 살짝 기울이는 것만으로도 많은 것을 분산시킬 수 있소."

"아!"

베르누크의 말에 테레니아 남작은 엉겁결에 감탄성을 내뱉었다. 테레지아 남작은 승부욕이 강하다. 원래 그런 것이 아니라 남자들의 틈에서 살아남기 위해서는 그렇게 될 수밖에 없었다.

모든 것을 압도하고 싶었다. 힘이면 힘, 기술이면 기술, 모두 말이다. 그러하기에 테레지아 남작의 검술은 정통 기사의 검술과 같은 힘 위주의 검술이 될 수밖에 없었다.

힘으로 밀면 그 힘보다 더 큰 힘으로 밀려오는 힘을 무마시키는 것이었다. 익스퍼트 중급의 그것도 언제 상급이 될지 모를 경지에 오랫동안 지독히도 힘들게 단련했던지라 테레지아 남작은 그것이 가능했다.

하지만 테레지아 남작이 지닌 힘보다 더 강한 자가 나타난다면 그것은 솔직히 속수무책이었다. 처음 얼마는 견디겠으나 이내 파탄이 드러나게 된다는 말이었다.

가문의 검법 역시 힘 위주의 검술이다. 그런데 베르누크의 한마디에 불현듯 떠오르는 가문 검법의 요체. 바로 상대의 힘을 이용한 찌르기와 흘림이었다.

테레지아 남작은 짧은 깨달음을 얻었다. 아주 잠깐, 찰나의 깨달음이었지만 그 작은 깨달음은 그녀를 한 단계 더 성숙시키기에 충분했다.

"가르침 감사합니다."

"되었소. 내일 부탁하겠소."

그렇게 말하고 할버드를 옆에 끼고 등을 돌려 막사로 향하는 베르누크였다. 다른 때와 다르게 느껴오는 베르누크의 등이었다. 그의 등은 수많은 죽음을 홀로 떠안을 절대자의 등이었다.

*　　*　　*

"바이큰의 전사들은 한낱 여자의 도전에도 꼬리를 만 강아지마냥 모른 척하는 것인가? 그런 것인가? 그러한 것이 바로 평원을 달리는 바이큰족의 전사인가? 용기가 없는가? 이 마리아 테레지아 남작이 검을 받을 만한 전사가 진정 없단 말인가? 그렇다면 바이큰족들의 그것을 떼어버려야 할 것이다. 이 마리아 테레지아의 검을 무서워한다면 말이다."

다음 날 든든하게 아침을 먹은 테레지아 남작은 경기병 5천과 함께 출정하여 코마롬 성을 지키고 있는 바이큰족을 향해 잠시의 틈도 주지 않고 거칠게 외쳤다.

"저, 저, 저년을……."

"참으십시오."

"참으라니. 군사는 그게 말이 된다고 생각하시오?"

"우리는 버티면 됩니다. 싸울 필요가 없습니다."

"흥! 내 그렇게는 못하겠소. 대평원의 자랑스러운 전사가 고작 제국의 여귀족에게 이런 모욕을 낭할 순 없소."

"허~ 정 그러하시다면 제가 신호하면 바로 돌아오셔야 합니다."

"흥! 저년을 반드시 죽인 후에 오겠소. 부장은 기병 1만을 준비하라!"

"명!"

코마롬 성을 맡은 제5전사 아포스톨로스 코스탄의 분개한 음성에 그의 곁을 지키고 있던 부장도 덩달아 흥분하고 있었다. 대평원 부족의 전사에게 가장 큰 치욕이라 할 수 있는 단

어를 내뱉은 제국의 귀족에게 더할 수 없는 분노를 느낀 것이
었다.

"하아~"

그러한 그들을 보고 고개를 저어버리는 군사 리올리디스
세이건. 그는 더 이상 말려도 소용이 없다는 것을 알았다. 대
평원의 전사에게 그것을 떼어버리라니. 가장 치욕적인 말을
들은 바이큰족의 전사들이 가만히 있을 리는 만무하다.

원래 코마롬 성을 맡은 제5전사 아포스톨로스 코스탄은 비
리비리한 군사들을 별로 좋아하지 않았다. 전사는 만월도를
들고 싸우기 위해 태어났다. 뒤에서 머리를 써 적을 잡는 것
은 전사가 취할 행동이 아니기 때문이다.

해서 지금의 상황에서는 도저히 군사로서는 어찌해 볼 도
리가 없는 것이었다. 그저 무사하게 성으로 귀환하기만을 빌
뿐이었다. 그렇다고 그냥 손을 놓고 있을 수는 없었다.

"오냐! 네 이년! 내 너의 가랑이를 찢어 죽일 것이다."

분노하여 앞뒤 가리지 않고 튕겨져 나오듯 성을 나온 아포
스콜로스 코스탄은 일반 전사가 쓰는 만월도보다 두 배는 됨
직한 만월도를 한 손으로 들고 득달같이 테레지아 남작에게
달려들었다.

"홍! 비루먹은 망아지처럼 숨어 있다 이제야 나타나다니.
내 너의 수염을 잘라 개에게 주겠다."

"이, 이녀~ 언!"

부왁!

우우웅!

만월도가 대기와 공명하였다. 이에 질세라 테레지아 남작
의 바스타드 소드 역시 대기와 공명하여 긴 울음을 토해냈다.
불과 하루 사이에 최상급에 다다른 테레지아 남작이었다.

테레지아 남작은 아포스콜로스 코스탄의 만월도를 아슬아
슬하게 피했다. 그에 더 힘을 낸 아포스콜로스 코스탄의 기세
에 겨우 10여 합을 더한 테레지아 남작은 짐짓 주춤거리더니
이내 말 머리를 돌려 도망가기 시작했다.

"도망가지 말라!"

"적을 추격하라!"

"우와아아!"

아포스콜로스 코스탄의 부장은 도망가는 적들을 보고 급
하게 외쳤다. 그러자 1만의 기병이 일제히 부연 먼지를 일으
키며 득달같이 테레지아 남작과 5천의 적 기병을 쫓았다.

테레지아 남작은 허겁지겁 도망가는 와중에도 뒤를 쫓아
오는 아포스콜로스 코스탄에게 암 콤포짓 보우를 날렸다. 손
바닥보다 조금 긴, 그야말로 애기 화실이었다.

취릿!

까앙!

“이, 이년! 게 섰거라.”

애기살을 만월도로 쳐 낸 아포스콜로스 코스탄은 더욱더 분개하며 급하게 말을 몰았다. 이미 코마롬 성과 멀어질 대로 멀어진 상황. 하나 자신의 약을 끝까지 올리는 제국의 여귀족에게 정신이 팔려 앞뒤 가리지 않고 쇄도해 나가는 아포스콜로스 코스탄이었다.

테레지아 남작이 산허리를 돌 쯤 일단의 군마가 나타나 전력으로 달리던 경기병과 교체되었고, 테레지아 남작 역시 지친 말대신 새로운 말에 올라탔다. 실로 순식간에 일어난 일이었다.

하나 바이큰족은 그것을 몰랐다. 몇 미터도 안 되는 언덕 같은 산이지만 사람의 시야보다 높기에 앞에서 일어나는 일을 전혀 볼 수 없었다. 또한 울창하게 우거진 숲 속에서 은밀하게 접근하는 병력 또한 볼 수 없었다.

“지금!”

“가른다!”

두두두두!

거침없이 달려가던 바이큰족의 허리가 잘렸다. 하나 워낙 순식간에 벌어진 일이고 선두와 떨어진 거리가 너무 멀어 선두에 있는 장수들은 허리가 잘렸음에도 불구하고 여전히 테레지아 남작을 쫓았다.

이때를 같이하여 후면에서 레너드가 일단의 궁기병을 대동하고 나타나 마상에서 활을 쏘기 시작하였다.

바이큰족은 긴급하게 회전하여 후미에 나타난 궁기 병을 상대하려 했으나 이미 오와 열이 무너진 상태. 그것은 불가능에 가까웠다.

거리가 가까워지자 궁기 병은 다시 왼팔을 들어 암 콤포짓 보우를 발사했다. 순식간에 아포스콜로스 코스탄이 대동한 1만의 병력 중 3천의 병력이 사라져 버렸다.

그리고 또 다시 산허리를 돌 때 즈음 테레지아 남작은 갑자기 짧게 말 머리를 선회하여 군을 돌려 세웠다. 이미 약조된 상태. 모든 병사 역시 지점을 알고 있었기에 전혀 흐트러짐 없이 반전이 가능했다.

"오냐! 네년이 드디어 더 이상 갈 곳이 없어졌구나!"

"흥! 미련한 놈! 대평원의 전사는 자신의 죽을 자리를 제대로 아는 모양이구나!"

"무어라! 네 이년! 전군 돌겨~ 억!"

바이큰족의 기마병들이 급속하게 전진했다. 일말의 망설임도 없이 그대로 테레지아 남작이 있는 곳으로 돌진해 들어갔다.

쐐에에에엑!

거침없이 돌진해 들어가던 아포스콜로스 코스탄의 눈이

갑자기 홉떠졌다. 무언가 자신에게 상상조차 할 수 없는 속도로 날아오고 있었다. 하나 역시 대평원의 전사답게 침착하게 만월도를 휘둘러 그것을 쳐 냈다.

콰아아아!

콰가가가각!

"끄으으읍!"

하나 그의 마음대로 되지 않았다. 날아온 그것은 맹렬하게 회전하며 만월도를 갉아먹고 있었다. 아포스콜로스 코스탄의 눈이 툭 튀어나왔다. 앙다문 입술에는 피가 터져 나왔다.

부들!

힘이 달린다. 힘에서는 져 본 역사가 없던 자신이 힘이 달린다. 자신에게 날아온 것은 할버드였다. 육중하고 무거운 할버드가 지금 아무것도 없는 허공에서 맹렬히 회전하며 점점 자신의 심장 쪽으로 달려들고 있었다.

몸을 피할 수도 없었다. 무언가 무형의 마나가 마치 자신을 이 할버드와 반드시 대적해야만 한다고 꼼짝없이 붙들어놓고 있는 듯했다. 이빨이 갈렸다. 갈린 이빨 사이로 시뻘건 선혈이 새어 나왔다.

"대평원이 전사는 고작 그것밖에 되지 않는가?"

충혈된 눈으로 목소리의 주인공을 찾았다. 눈에서 핏물이 나오는지 제대로 형체조차 보이지 않았다.

"끄으읍! 누.구.냐!"

"베르누크 아이젠! 너희는 나를 악마왕, 즉 데빌 킹이라 부른다더군. 이제 그만 가거라."

콰가가각!

퍼억!

아포스콜로스 코스탄의 신형이 그대로 뒤로 날았다. 뒤에 있던 한 명의 부장이 그 할버드의 창두에 꿰었다. 그래도 날아갔다. 그리고 마침내 아포스콜로스 코스탄의 심장을 관통하여 무려 20명의 바이큰족을 꿰뚫고, 마치 주인을 찾은 말인 양 베르누크의 손에 돌아왔다.

그 할버드를 하늘 높이 들어 올리며 베르누크가 천둥처럼 소리쳤다.

"포로는 없다!"

"우와아아!"

"후, 후퇴하라!"

베르누크의 외침이 들리자 그제야 정신을 차린 바이큰족 한 명이 부랴부랴 후퇴를 외쳤으나 이미 독 안에 든 쥐였다. 사방으로 겹겹이 포위되었고, 쏟아지는 마법과 화살에 의해 제대로 저항 한 번 못해보고 그들은 전멸당하고 말았다.

"지체없이 작전을 시행한다."

베르누크의 말에 롬멜 백작은 기사 3백과 함께, 장비류를 유지한 채 죽은 이들의 경장갑을 벗겨냈다. 그 후 플레이트 메일을 벗고 다시 바이큰족의 경장갑을 입었다.

얼굴을 알아볼 수 없도록 검댕이를 묻히고 피를 덕지덕지 발랐다. 마법사 3백 명이 기사 전원에게 마법을 걸어 얼굴의 형태를 변환시켰다. 효력이 3일 정도 가는 이미지 마법이었다.

죽인 병사들의 얼굴을 카피하고 대상을 정한 후 이미지 마법을 발현하면 되는 것이다. 5서클 마법인 미러 이미지와는 상당히 차이가 나는 단순한 이미지 마법으로 2서클의 마법사도 실현할 수 있는 마법이었다.

그 후 마나를 지속적으로 유동만 시켜준다면 보름 정도는 문제없이 버틸 수 있었다. 모든 것이 완비되자 롬멜 백작은 베르누크에게 간단한 군례를 하고 말을 몰아 코마롬 성으로 달렸다.

그들이 코마롬 성으로 말을 몰아가는 것을 본 베르누크는 아직도 전투의 여운을 느끼고 있는 테레지아 남작이 눈에 보였다. 베르누크의 시선을 느꼈는지 아니면 우연인지는 몰라도 테레지아 남작 역시 베르누크를 바라보고 있었다.

"수고했소."

"별말씀을."

지극히 간단한 공치사와 지극히 간단한 겸양의 말이 오갔다. 하지만 그 둘의 얼굴에는 보일 듯 말 듯 가느다란 웃음이 걸려 있었다. 전투에 대한 만족인지 아니면 또 다른 것에 의한 만족인지 모를 그런 웃음이었다.

장내는 이미 신속하게 정리 중에 있었다. 적을 섬멸하는 것만큼 중요한 것이 전장의 뒷정리이다. 포로가 없다는 것은 전원 사살이라는 것을 의미한다. 한 명이라도 살아 있다면 이 작전은 수포로 돌아간다는 것은 여기 모인 모두가 알고 있다.

그러하기에 병사들과 기사들은 처음부터 끝까지 다시 훑으며 확인 사살을 하고 있었다. 사람을 어찌 두 번 죽이고 적이라고 하지만 죽은 시신을 어찌 훼손할 수 있겠느냐고 반문한다면 베르누크는 이렇게 말할 것이다.

"그것이 전쟁이다. 인간의 존엄과 생명이 가장 무가치하게 변하는 것이 바로 전쟁이다."

라고 말이다. 전쟁은 그런 것이다. 사람이 사람 취급당하지 않는 것이 전쟁이다. 애나 어른이나 남자이거나 여자이거나 모두 마찬가지다. 사람을 사람 취급하려면 전쟁을 일으키지 말아야 한다.

이미 일어난 전쟁에서 사람을 사람 취급하기 위해서는 무슨 수를 써서든 가장 빠르게 전쟁을 종식시키는 것이 가장 중요하다.

가끔 전쟁도 사람이 수행하는 것이라 하겠지만 과거 철학

자는 이렇게 말했다. 사람은 중간자라고 말이다.

중간자란 무엇인가? 중간, 가운데를 말한다. 때로는 천사처럼 아름다울 수도 있겠으나 때로는 동물보다 못하게 돌변할 수 있었다. 그래서 아름다운 사람을 천사라 하고 막돼먹은 놈을 개만도 못한 놈이라고 한다.

지금은 개만도 못한 놈이 되어야만 할 시간이었다. 이 모든 것을 베르누크 홀로 감당해야 할 것이다. 자신이 이들의 수장이니까. 그래서 베르누크는 자신의 무덤을 크게 지을 작정이었다.

많은 생명을 앗아갔으니 지옥에 가는 것은 당연하지만 그래도 많은 부장품을 가져가 지옥의 사자들이나 판결자들에게 잘 봐달라고 뇌물이라도 줄 요량으로 말이다.

CHAPTER
04
코 마 롬 성 함 락

Knight King

"성문을 열어라!"

"성문을 열어라! 아군이다!"

그그그그그극!

코마롬 성의 도개교와 성문이 육중한 마찰음을 내며 서서
히 내려지고 열렸다. 제국의 귀족의 꼬임에 속아 언덕 너머로
달려갔던 1만의 병력 중 겨우 2, 3천의 병력만이 살아남아서
귀성하고 있었다.

귀성하는 전사들의 모습을 보니 당해도 크게 당한 모양이
었다. 제5전사의 기와 부족의 기가 여기저기 찢기고 군데군

데 검붉은 피가 묻어 있었다. 그리고 자세히 보면 가장 앞에 있는 전사가 품에 무언가를 소중히 감싸고 있다는 것도 알 수 있었다.

그 소식은 바로 내성에 전해졌고, 노심초사하던 바이큰족의 군사 리올리디스 세이건은 소식을 접하자마자 숨도 쉬지 않고 성문으로 내달렸다. 마냥 전사에 어울리지 않는다고 무시당하기는 하지만 그래도 코마롬 성의 사령관이다. 걱정이 되지 않을 수 없다.

한데 패잔병과 같은 모습으로 일단의 전사가 성문으로 귀성했다니 급한 마음에 한달음에 달려왔다. 하나, 그의 바람은 결코 이루어지치 않았다.

성문을 급하게 달려온, 가장 선두에 선 병사는 리올리디시 세이건을 발견하자 그대로 달리는 말에서 뛰어내려 크게 울부짖었다.

"크흐흐흑! 제5전사께서 전사하셨습니다."

그렇게 외치며 품속에서 족장의 목을 꺼내 바쳤다. 리올리디시 세이건의 눈동자가 흔들렸다. 그의 눈이 싸늘하게 식어버린 코마롬 성의 사령관 아포스톨로스 코스탄의 툭 불거진 눈을 쳐다보았다.

놀란 아포스톨로스 코스탄의 얼굴에는 믿을 수 없다는 표정이 여실히 드러나 있었다. 그 모습을 보자 리올리디시 세이건의 표정이 착잡하게 변했다. 시원하기도 하고 아쉽기도 했다.

온갖 상념이 머리를 헤집어 놓고 있었다. 인간인 이상 그동안의 무시에 벌 받은 것이라 생각이 들지만 바이큰족의 아까운 전사가 죽었다는 것에는 한없이 비분강개하였다.

"수고하였다. 쉬도록 하여라."

"명!"

어떠한 벌칙조차 없이 그저 쉬라는 말만 하고 리올리디시 세이건은 멍하니 서 있었다. 어떻게 해야 하는데 방도가 생각나지 않았다.

아직 물러날 시기가 되지 않았다. 적어도 한 달 정도는 더 버텨줘야 한다. 그래야 서부를 완전히 평정할 수 있기 때문이었다.

그런데 코마롬 성을 지키는 사령관이 죽고 1만에 가까운 전사가 죽어 나갔으니 빠르게 대책을 마련해야만 했다.

그래도 아직 4만이라는 군세가 남아 있었다. 코마롬 성이라면 1만으로 10만을 막아낼 수 있는 최고의 성. 완벽하게 방어를 위한 성. 이것을 이용하면 적이 아무리 강성하더라도 한 달이라는 시간은 버텨낼 수 있을 것이다.

"군사장님! 저희를 성문에 배치시켜 주십시오!"

"성문?"

"그러합니다!"

"어찌 그것을 원하느냐."

"족장님을 죽인 원수들을 이 두 눈에 담기 위해서입니다."

호기롭게 외치는 전사의 모습에 짐짓 감탄하는 군사장 리올리디시 세이건이었다. 그래, 대평원의 전사라면 이래야 한다. 방금 전까지 죽을 고비를 넘기며 족장의 머리를 가져온 전사라면 반드시 이래야만 했다.

"평전사인가?"

"그러합니다."

"백인장에 올린다. 성문을 맡기마!"

"명! 감읍합니다."

그 모습에 군사장은 물론이고 성을 지키고 있던 전사들도 고개를 끄덕였다. 그리고 백인장의 자리에 앉은 전사 외에 살아남은 모든 이의 재배치가 이루어졌다.

살아남은 2천 5백 가량의 전사는 정말 충성스러운 자들이었다. 불과 하루밖에 지나지 않았지만 그들에 대한 소문은 4만의 전사들에게 이미 알려졌고, 힘든 전투를 했음에도 불구하고 그들은 바로 직무에 복귀하여 자랑스러운 대평원의 전사로서 일익을 담당했다.

그리고 그중 눈에 띄도록 출중했던 몇 명의 전사는 곧바로 2인자에서 1인자의 자리로 오른 군사의 측근을 방어하는 호위대로 차출되었다. 또한 몇 명은 오십인 장으로 승급하였고, 또 몇 명은 백인장으로 승급하였다.

그들은 빠르게 전사들과 녹아들었고, 사적인 자리나 혹은 근무가 끝난 후에는 술자리에서 자신의 무용담을 자랑하였고, 그때 입은 상처를 훈장처럼 보여주었다.

세상을 대낮처럼 밝히던 옐로우 문이 쉬는 날. 그날이면 성은 평소보다 두 배는 더 많은 횃불을 밝혔고, 경계 근무 역시 두 배는 더 강화시켰다. 아직 제국의 귀족이 도발해 오지 않았지만 언제 도발해 올지 모를 판국이니 말이다.

아무리 안전한 성이라 할지라도 기습적인 공격이라면 막기는 하겠으나 손실을 입을 수밖에 없음이다. 최대한 인원의 손실을 줄여야 할 이때 그러한 불상사를 미연에 방지하고자 하는 군사장의 계책이었다.

그러한 조심스러운 군사장의 눈을 피해 이 어두운 밤에 은밀하게 움직이는 이들이 있었다. 온통 검은색이었다. 빼꼼하게 나온 눈을 제외하고는 모두 검었다.

그들은 서로에게 눈짓을 했다. 그리고 이상한 손동작도 하고 말이다. 그 손동작에 맞춰 몇 명이 이리 움직이고 저리 움직였으며, 혹여는 자리에서 녹아들듯이 사라지는 자도 있었다.

몇 명의 검은 그림자가 조용하게 성문을 경계하고 있는 전사들에게 다가갔다. 대평원의 전사이니만큼 그 이목이 빼어났지만 검은 그림자의 움직임을 감지할 정도는 못 되었다.

입을 막음과 동시에 시퍼렇게 날이 선 단검으로 목을 그었다. 네 개의 그림자가 똑같은 동작을 반복하였고, 네 명의 전사가 소리조차 내지 못하고 목숨을 잃었다.

그러한 행동이 비단 이곳에만 일어나는 것이 아니었다. 외성문과 내성문에 동시에 일어나고 있었다. 그리고 내성의 깊숙이 자리 잡은 군사장의 침실에서도 일어나고 있었다.

리올리디시 세이건은 잠을 자다 불현듯 목이 말라 항상 머리맡에 놓아두었던 물을 찾았다. 언제나 같은 장소이기에 불빛이 없는 밤중에도 정확하게 위치를 파악할 수 있었다.

최근 상황이 상당히 긴장감을 높인 관계로 몇 날을 적진을 관찰하다 오늘은 도저히 그냥 잘 수 없을 것 같아 술 한 잔이 결국 약간의 과음으로 이어진 탓에 목이 말랐던 것이다.

물을 벌컥벌컥 들이키던 리올리디시 세이건이 멈칫했다. 약간의 위화감이 들었던 듯해서다. 천천히 침실 내부를 둘러보았다. 변한 것은 아무것도 없었다.

고개를 갸웃했다. 분명 무언가 변했는데, 위화감이 들었는데 자신이 잘못 봤나 하는 생각에서였다. 전사는 아니지만 그렇다고 무력이 아예 없지 않은 자신이니 말이다.

잘못 느꼈겠지, 잘못 알았겠지, 하며 다시 자리에 누워 천장을 바라보는 순간이었다.

"허억!"

무언가 숨이 급히 빠져나가는 소리가 미약하게 들렸다. 천장에서 떨어지는 검은 그림자. 그 속에 새파랗게 빛나는 강철의 숨결.

입이 딱 벌어졌다. 눈이 튀어나올 만큼 커졌다. 몸이 덜덜거리며 잔 경련이 일었다. 그리고 그 자세 그대로 차갑게 식어갔다. 검은 그림자는 이내 복면을 벗고, 검은 의복을 벗었다. 얼마 전 임명한 호위였다.

또 다른 사내가 침실의 문을 열고 들어왔다. 그 또한 군사가 새로이 임명한 몇 명의 호위 중 한 명이었다. 그 둘의 눈빛이 부딪혔다.

둘은 씨익 웃음을 보였다. 문을 열고 들어온 사내는 문 밖을 확인하고 고개를 끄덕였다. 그리고 침대 곁에 서 있던 사내는 격하게 침대와 연결된 비상 밧줄을 당겼다.

따다다다다당!

따당! 따다다당!

"군사께서 살해당하셨다!"

그렇게 외치자 문 앞쪽에 있던 사내 역시 문 밖으로 뛰쳐나가며 급하게 외쳤다.

"군사께서 살해당하셨다!"

갑자기 코마롬 성이 부산해졌다. 전사들이 일어났고, 만인 장 이하 모든 수뇌부가 완전무장을 갖춘 채 군사의 침실로 들었다. 그보다 30분 정도 빠른 시각 북문의 외성문과 내성문에서는 또 다른 작은 소란이 일어나고 있었다.

내성문이 활짝 열렸다. 그와 동시에 외성문이 열리며 도개교가 내려졌다.

그그그그긍!

투우웅!

도개교가 놓이자 해자 밖에서 대기하고 있던 일단의 인원이 신속하게 움직였다. 베르누크를 필두로 하여 블러디 나이츠 전원, 경기병, 북부 연합군의 귀족들과 그들의 기사들이 한꺼번에 움직인 것이다.

대략 2만 7천이 넘는 인원이었다. 거기에 보병들과 궁기병은 언제부터였는지 모르지만 성을 완전하게 둘러싸고 있었다. 궁기 병은 화살을 재고 있었고, 보병들은 각종 공성병기를 조립하여 언제든지 공격할 준비를 마치고 있었다.

외성으로 들어온 그들이 움직였다. 외성이 점령당할 동안 내성의 비명과 병장기 부딪히는 소리가 외성까지 들려왔다.

"적이다!"

"죽여랏!"

"끄아아악!"

내성을 점령한 적! 그들은 바로 2천3백의 경기병과 2백의 기사를 대동한 에르빈 롬멜 백작이었다. 그들은 외성의 문을 연 뒤 기다리지 않고 바로 내성으로 치달아 포위된 기사들을 지원했다.

롬멜 백작이 내성으로 달려갔을 때 내성은 이미 2만의 병사로 겹겹이 둘러싸여 있었다. 하나 둘러싸고 있었을 뿐 군사가 머무는 집무실로는 들어가지 못하고 있었다.

그것은 단 한 명의 기사 때문이었다. 바로 레너드 베인.

창공의 기사단의 단장이며 베르누크 아이젠 자작의 친우인 그 때문이었다.

그의 3미터나 되는 연검이 빳빳하게 서 있었다. 그 간격 안에는 누구도 달려들 수 없었다. 화살을 날려도 소용없었다. 연검을 들어 휘두름에 투명한 막이 생기며 모든 화살을 튕겨내거나 잘라냈다.

2만이나 되는 군세로 차륜 전을 펼쳤다. 지속적으로 군사가 있는 곳을 향해 진격했다. 하지만 그것도 소용없었다. 그곳에는 레너드만 있는 것이 아니었다. 레너드를 제외하고 무려 열 명에 이르는 기사들이 있었다.

2만이 차륜 전을 펼칠 때 그들도 열 명으로 차륜 전을 펼쳤다. 어차피 좁은 길목으로 들어와 공격할 수 있는 곳은 한정되어 있다. 기껏 해봐야 5명이 한계다. 그 5명도 한꺼번에 공격이 안 된다. 문은 좁으니까 말이다.

그중 가장 돋보이는 자가 바로 레너드였다. 그는 자신을 제외한 아홉 명이 편히 쉬고 재충전할 충분한 시간을 벌었다. 거의 7~8미터나 되는 그의 간격. 그 간격에는 그 누구도 접근할 수 없었다.

"클클. 대평원의 전사들은 두려움을 모른다더니 고작 나 하나에 두려움을 느끼는 건가?"

"다, 닥쳐랏!"

"닥칠 테니 오라!"

오만하게 외치는 레너드였다. 하나 그 누구도 쉽게 레너드의 전면에 나서는 자는 없었다. 그의 연검의 길이는 3미터. 그의 한 팔의 길이는 85센티미터. 그의 오러 블레이드의 길이는 3~5미터.

감히 나설 수 없었다. 이미 그의 앞에 쌓인 전사의 수는 일백을 헤아리고 있었다. 대치 상태가 벌써 30분을 넘어서고 있었기 때문이었다.

그 순간 그들을 겹겹이 포위했던 2만의 군세의 뒤편에서 커다란 함성이 울렸다.

"와아아아!"

"뭐, 뭔가?"

"저, 적의 기습입니다."

"뭐, 뭣이라?"

제5전사 아포스톨로스 코스탄의 아들이며, 코마롬 성에서 적을 저지하기 위해 부친의 부장으로 참전한 아페란제스 코스탄의 얼굴이 딱딱하게 굳었다. 군사란 많으면 좋다. 하지만 지금 이 좁은 공간에서는 오히려 그것이 독이 되었다.

"탑루, 탑루는 어떻게 되었나?"

"저, 그, 그것이."

"빨리, 빨리 말해보라."

"경황 중이라……."

"이런! 어서 탑루에 군사를 보내 확보하도록!"

"며, 명!"

서슬 퍼런 아페란제스 코스탄의 말에 어느새 그의 부장이 되어버린 전사가 말을 더듬으며 재빠르게 명을 받았다. 앞뒤로 적이다. 하지만 그리 많지는 않았다. 힘으로 찍어 누른다면 충분히 승산이 있다는 것을 의미했다.

"5천은 외성과 내성을 연결하는 문을 막는다. 크락투스! 그대가 가라!"

"명!"

"집무실은 포기한다. 포위만 하도록. 3천의 병력으로 카탈로투스가 막는다."

"명!"

앞과 뒤가 정리되자 아페란제스 코스탄은 즉시 그의 참모
와 부장을 동원하여 외성과 내성을 연결하는 문으로 달렸다.
아무래도 걱정이 되었기 때문이었다.

"끄아아아악!"

"평원의 전사들이여! 죽음으로써 막아라!"

"추우웅!"

벌써 시체가 산을 이루고 있었다. 핏물이 질척하게 발에 채
이고, 널브러진 전사들의 시체가 비릿한 냄새로 코끝을 자극
했다.

"죽여랏!"

"아페란제스 코스탄님께서 오셨다!"

"와아아아!"

전사들의 함성이 울려 퍼졌다. 롬멜 백작을 비롯한 2천 5백
의 경기병과 기사들은 그러함에도 일말의 두려움이나 머뭇거
림이 없었다. 그들은 과감하게 적들에게 돌진해 들어갔다.

단연 발군은 롬멜 백작과 기사들의 수장인 베르함 헤르메
스 경이었다. 롬멜 백작의 마상 장도가 움직일 때마다 전사들
은 목을 부여잡고 쓰러졌고, 헤르메스 경의 쌍부가 움직일 때
마다 피무지개가 떠올랐다.

"크아아악!"

"비켜랏!"

“죽엇!”

짓쳐오는 만월도를 왼손에 든 도끼로 막은 헤르메스 경이 오른손의 도끼로 허리를 갈랐다. 롬벨 백작은 찔러오는 창두를 잘라 버리고 그 힘을 그대로 실어 적을 그어 내렸다.

기사들은 경기병의 사이사이에 박혀 경기병들을 응원했다. 하지만 중과부적. 두 배 이상 많은 적으로 인해 서서히 하나둘씩 죽음의 문턱에 다다르고 있었다.

그 순간이었다.

쿠구구구구궁!

푸화아아악!

땅이 울리며, 하늘에서 떨어지는 유성과 같은 것이 적의 한가운데에 떨어져 내렸다.

“피, 피해랏!”

“끄아아악!”

그 유성은 떨어져 내리며 사방으로 불을 뿜어냈다. 뜨겁고 강렬한, 수를 헤아릴 수 없을 불의 창이 떨어진 곳은 그야말로 풍비박산이 났다. 불꽃은 순식간에 커다란 원형을 이루며 시꺼멓게 타들어갔다.

쿠웅!

그 위로 거대한 무언가가 떨어져 내렸다. 유성의 여파에 겁을 먹었던 평원의 전사들이 정신을 차리고 사방 10미터 내로 검게 타들어간 공간을 바라보았다.

한 명이 서 있었다. 3미터에 달하는 잘 벼려진 할버드를 옆에 끼고 서 있는, 악마 같은 거대한 체구를 지닌 사내. 그리고 그 뒤에는 그보다 더 덩치가 크고, 무식하리만치 큰 쇠몽둥이를 들고 있는 또 다른 두 명의 사내.

"평원의 전사들이여! 겨우 이 정도인가?"

낮게 으르렁거리는 사내의 목소리. 마치 지옥의 가장 밑바닥에서 혀를 날름거리는 악마의 속삭임과 같았다.

"개소리!"

"크허허허. 그래, 한번 놀아보자꾸나!"

투후훅!

공포를 이겨내기 위해 크게 소리를 지르며 사내를 향해 달려들던 전사가 빠르게 뒤로 튕겨져 나갔다. 그와 동시에 세 명의 거구가 망설임 없이 5천의 전사들 속으로 빨려들었다.

다시 2천 3백의 경기병과 기사들이 함성을 지르며 5천의 전사들을 향해 쇄도해 들어갔다. 이미 2백의 사망자를 냈다. 그들에게 있어 동료는 자신의 목숨과 같았다.

쿠화아아아악!

쿠궁! 쿠구구궁!

그것을 기다렸던가? 하늘에서 다시 불꽃놀이가 시작되었다. 휘황찬란한 불덩이가 전사들을 향해 쇄도했고, 눈에 보이지도 않을 작은 화살이 뇌를 뚫고 삐죽 튀어나왔다.

"전구운! 돌겨어억!"

"우와아아아!"

외성과 내성의 탑루를 장악한 북부군이 물밀듯이 내성으로 치고 들어왔다. 탑루에서는 마법사와 궁기병이 쉴 새 없이 마법과 화살을 날렸고, 용기백배한 북부의 병사들은 거침없이 전사들을 도륙해 나갔다.

"으아아아! 죽어! 죽으란 말이다!"

한번 무너지기 시작한 전사들은 그 끝을 모르고 무너졌다. 탑루를 점령당한 이후 어떻게 힘 한 번 제대로 못 쓰고 짚단 무너지듯 무너져 내렸고, 안과 밖으로 적을 맞이한 전사들은 차례로 그 목을 떨구었다.

"후욱! 후욱! 적장은 나서라! 나는 위대한 평원의 전사 이페란제스 코스탄이다.!"

거친 숨소리를 내며 양손에 든 만월도를 거침없이 휘두르는 이. 바로 아페란제스 코스탄이었다. 그는 위기가 수습이 될 줄 알았다. 하지만 전혀 수습이 되지 않고 있었다. 아니, 오히려 전멸의 위기에 몰리고 있었다.

내성의 심장부에는 여전히 강력한 소수의 적이 버티고 있으며 내성의 96개에 이르는 탑루는 적에게 점령당했다. 막을 수 있을 줄 알았던 내성과 외성의 연결문은 어느새 적들에게 점령당해 꾸역꾸역 밀고 들어오고 있었다.

자신에게 죽은 적병만도 기십을 헤아릴 수 있었다. 얼마나 많은 피를 흘렸는지 얼마나 많은 이들을 죽였는지 모르겠다. 숨이 턱에까지 차고 도병에 말아둔 사슴 가죽이 미끌거렸다.

쉬아아아악!

까아아아앙!

"흐허~"

아페란제스 코스탄이 쥐고 있던 만월도가 강렬한 저항에 부딪혀 자신의 손아귀를 찢고 멀리 날아가고 있었다. 아페란제스는 갑작스런 통증에 하나 남은 만월도를 쥐고 전방을 주시했다.

할버드의 창두가 자신을 가리키고 있었다. 그 창두와 할버드의 날에는 아직도 붉은 선혈이 뚝뚝 떨어져 내리고 있었다. 직감적으로 알 수 있었다. 바로 이자가 이 모든 사건을 지휘한다는 것을 말이다.

"너로구나. 네가 이 모든 것을 만들어낸 장본인이구나!"

"그렇다!"

"죽엇!"

부와아아악!

아페란제스의 만월도에서 선명한 오러 얀이 펼쳐졌다. 5미터라는 공간을 단번에 줄이며 베르누크의 할버드를 뱀처럼 타고 올랐다.

투우~ 투두두~ 투훅!

이에 베르누크는 그저 무언가를 털어내듯 할버드의 끝을 잡고 위아래로 흔들었다. 흔들리는 할버드를 타고 뱀처럼 영활하게 움직이던 아페란제스의 만월도가 격하게 울부짖었다.

"야하핫!"

또 다시 터지는 아페란제스의 기합성. 저릿하게 울리는 팔의 감각을 차단하기 위한 발악이라 할 것이다. 하지만 상대를 잘못 골랐다. 다름 아닌 베르누크이기에 그의 그런 발악은 바로 무위로 돌아갔다.

베르누크의 할버드가 사선으로 움직였다. 정말 느릿하게 보였다. 눈에 잔영이 남을 정노로 느리세, 하지만 그것은 반대로 엄청나게 빠르다는 말이었다. 뱀처럼 영활하게 타고 오는 아페란제스의 만월도를 털어내고 공간을 휘돌아 그의 몸을 빗살처럼 빠르게 자르고 지나갔다.

아페란제스의 몸이 굳었다. 고함을 치듯 벌린 입은 다물어지지 않았고, 크게 홉떠진 눈은 감겨지지 않았다.

그의 우측 쇄골에서부터 좌측 허리 어림까지 붉은 핏물이 새어 나왔다.

"너어… 마… 스터……"

<u>스르르르</u>. 투욱!

베르누크는 잠시 죽은 아페란제스를 바라보고 이내 몸을 돌려세웠다.

그날 밤. 4만의 전사가 죽었다. 단 한 명도 남지 않았다. 잔인하게 모두를 죽였다. 잔인하다 할 것이다.

"난 지옥에 갈 것이다. 또한 저들 4만의 목숨보다 나의 병사 한 명이 더 중하다."

북부군 역시 2천 명이 이르는 부상자와 1천 5백이 넘는 사망자가 발생했다. 계략을 사용했음에도 불구하고 상당히 치열했던 전투였고, 그만큼 평원 부족들의 전력이 강하였고, 저항이 완강했다는 반증일 것이다.

죽은 이들을 보고 눈살을 찌푸린 자들은 베르누크의 말에 이내 자신의 잘못을 책망했다. 전쟁이라는 것이 원래 잔인하다. 잔인하다고 하면 원래 이 성을 지키고 있던, 저항하지 못한 제국민은 어쩌란 말인가?

그들이 자신들을 보고 잔인하다 하겠는가? 아니다. 아마도 너무 편한 죽음을 줬다고 화를 낼 것이다. 제국민은 아무것도 들지 않고 죽임을 당했지만 저들은 무기를 들고 저항하다 죽었으니 말이다.

"황도를 점령하시겠습니까?"

"켈프란 성과 비스크 성이 함락되면 들어가도록 하지."

간단한 베르누크의 말에 군사장인 카림은 고개를 끄덕였다. 지금의 황도는 계륵과 같다. 점령하자니 너무 크고 버리자니 정당성을 잃기 때문이었다. 아마도 북부군이 가장 먼저 황도를 친다면 켈프란 성과 비스크 성을 함락한 이들이 동맹을 맺어 북부를 치려 할 것이다.

"병사들은 어떠한가?"

"죽은 병사들의 소지품을 챙기고, 부상자들을 위무하고 있습니다."

"스스로?"

"누가 시켜서 한다고 할 일은 아니지 않습니까?"

"그 정도면 되었어. 며칠 휴식을 주고 황도로 갈 준비를 하게. 아마 켈프란 성이나 비스크 성도 오래 걸리지는 않을 거야."

"알겠습니다."

*　　*　　*

베르누크가 계책을 써 북극성을 함락할 시기. 여전히 바이큰족과 대치하여, 고전을 면치 못하고 있던 동부군의 진영.

"다크 쉐도우와 다크 나이츠는 언제 도착하나?"

"늦은 밤쯤 도착할 예정입니다."

"오는 즉시 침투시키게."

"……."

밀리예프 후작의 말에 침묵하는 멘테스 경이었다. 그에 밀리예프 후작이 물었다.

"걱정되는가?"

"아니라고는 말씀 못 드리겠습니다."

"그들의 실력을 알면서도?"

"알기에 걱정이 됩니다. 저곳에는 바이큰족 유일의 대전사가 버티고 있습니다."

"그래서 다크 나이츠를 함께 보내는 것이네."

밀리예프 후작은 확신하고 있었다. 다크 쉐도우 1개 조와 다크 나이츠 1개 단이면 제아무리 괴물 같은 소드 마스터라 해도 결국 당할 수밖에 없다는 것을 말이다.

아니면 다크 나이츠 1개 단이 그 괴물을 감당할 때 다크 쉐도우가 움직이면 되니까 걱정할 필요는 없다. 그 정도의 연계 공격은 충분히 감당하고도 남음이 있는 다크 쉐도우와 다크 나이츠이니까 말이다.

톡! 톡!

모두가 잠든 시각. 밀리예프 후작은 막사에 홀로 앉아 검지로 의자의 손잡이 부분을 두드리고 있었다. 무언가 기다리는 듯한 모양새였다.

이내 마법 촛불이 살짝 일렁거렸다.

"왔는가?"

"……."

툭!

밀리예프 후작은 자신의 책상 앞에 두루마리 하나를 툭 던졌다. 그 두루마리가 허공으로 둥둥 떠올랐다. 공중을 격해 막사 구석으로 날아간 두루마리는, 언제 들어왔는지 검은색 일색의 사내 품으로 빨려들 듯 사라졌다.

스르르륵!

"접수!"

"수고하도록!"

"실행."

스스스슷!

켈프란 성에 어둠이 짙어졌다.

그 짙은 어둠을 이용해 10미터의 해자와 7미터 높이의 외성벽을 훌쩍 뛰어넘는 이들이 있었다. 어둠보다 더 짙은 어둠을 간직한 채로.

조용히 눈을 감고 있던 바이큰족의 대전사 타이타누스 카이탄이 눈을 떴다.

번쩍!

그의 곁에는 항상 그를 호위하는 다섯 명의 전사가 장승처럼 서 있었다.

"어둠이 오는구나."

그 말과 함께 그는 거대한 체구를 의자에서 일으켜 세웠다.

"코스메투스와 샤이란투스, 크레마토스는 군사를 보호하라."

"명!"

"카이부리누스와 안드로포스는 날 따른다."

"명!"

사령관의 집무실을 나와 조그만 연무장으로 나선 타이타누스. 그는 뒷짐을 진 채 달도 뜨지 않은 새까만 하늘을 바라보았다. 무수히 빛나는 점처럼 박혀 있는 별빛이 쏟아져 내리고 있었다.

"끄～ 끄. 기다리고 있었다."

그의 등에서 기형의 할버드가 뽑혀져 나왔다.

후우우웅!

대기를 억누르며 전해지는 기형 할버드의 울음소리.

"발각!"

"제거!"

타이타누스를 따르던 카이부리누스와 안드로포스가 다른 평원의 전사보다 두 배는 큰 만월도를 꺼내 들고 앞으로 튀어

나갔다.

카라라라랑!

보이지도 않을 빠른 손속에 어둠 속에서 불꽃이 튀어올랐다. 누가 우세인지조차 점칠 수 없는 상황. 타이타누스의 얼굴이 굳어졌다.

'이놈들. 다르군.'

그의 감각이 적이 일반 기사들과 다르다는 느낌을 전해주었다. 타이타누스는 재빨리 기형 할버드를 들고 빠르게 흑의인들을 향해 움직였다. 그리고 그의 기형 할버드에서 쏟아진 초승달 모양의 오러 블레이드.

콰하아아아~

흑의인들은 오러 블레이드에 맞서지 않았다. 슬쩍 흘리면서 몸을 빼고 흩어졌다 다시 한데 모여 공격하였다. 한 사람당 두 명. 자신에게는 네 명이 달라붙어 집중하고 있었다.

정신없이 공방전이 이루어졌다. 타이타누스의 기형 할버드가 거칠게 움직임에도 불구하고 침착하게 대응하는 흑의인 네 명이었다. 타이타누스의 눈이 흘깃 두 명의 부관을 바라보았다.

이미 그 둘은 혈인이 되어 있었다. 누구에게도 뒤지지 않을 두 명의 부관이었다. 그런데 그 둘이 혈인이 되어 있는 것이었다. 타이타누스의 눈이 침잠해 들었다.

“갈!”

쿠우우웅!

커다란 함성과 함께 오른발을 들어 진각을 밟는 타이타누스.

“큭!”

여덟 명의 흑의인이 짧은 비명성을 질렀다. 급급하게 물러나 다시 재정비하기 시작했다. 다른 이들 같았으면 피를 토했을진대 단지 짧은 비명성을 내지르는 것만 봐도 만만치 않은 상대임을 다시 확인할 수 있었다.

후와아아앙!

타이타누스의 기세가 달라졌다. 자신이 이런 곤경에 처했다면 비록 세 명의 부관을 보내긴 했으나 군사의 안전이 심히 걱정되었다. 그들이 당해내지 못할 수도 있다는 것을 의미하기 때문이다.

“하아압! 감히 누가 있어 나 타이타누스를 막을쏘냐!”

우웅! 후우우웅! 후와아아앙!

커다란 외침과 동시에 타이타누스의 몸이 허공으로 치솟아 올랐고, 그의 기형 할버드는 거친 숨을 토해내며 사방을 거침없이 내달렸다. 부딪히는 것은 잘라 버리고 지나갔고, 가로막는 것은 부수고 지나갔다.

그것을 막는 흑의인들은 예외란 없이 무기가 부서지고 잘

렸다. 온몸에서 피분수가 일어 사방으로 퍼뜨리며 회색으로
변한 눈동자를 부릅뜬 채로 죽어갔다.

"후우~ 끄으끄으. 좋구나."

처적!

그와 동시에 그의 부관 두 명도 흑의인을 모두 주살하고 그
의 옆에 섰다. 피를 흠뻑 뒤집어써 혈인으로 변한 지 오래이
나 그들은 일언반구도 없이 꿋꿋했다.

"군사부로 간다."

"명!"

타이타누스가 군사부에 도착했을 때 군사부의 앞마당은
난장판이었다. 죽어 나간 전사들과 역시 검은색 일색인 복면
인들 때문이었다. 흑의인들은 강했다. 하지만 아무리 강하다
하더라도 숭과무석이라는 것이 있다.

군사는 세 명의 부관의 가운데에서 철통같이 보호받고 있
었으나 세 명의 부관은 이미 혈인이 되어 있었다. 자신들의
피인지 아니면 흑의인들의 피인지 모르겠지만 말이다.

타이타누스는 곧바로 전투가 이어지고 있는 전장으로 뛰
어들었다. 그의 난입은 전사들에게는 힘을, 흑의인들에게는
절망을 안겨주었다. 광포하게 휘둘러지는 그의 거대한 기형
할버드에 순식간에 흑의인들의 목숨이 경각에 다다랐다.

이번에는 처음부터 전력을 다하는 타이타누스였다. 흑의

인들은 분명 자신보다 약하지만 그들의 합격은 자신을 옭아맬 정도로 대단했다. 그러하기에 그러한 기회조차 주지 않기 위해 전력을 투사한 것이었다.

"끄읍!"

마지막 한 명 남은 흑의인이 목을 부여잡고 자리에 쓰러졌다. 타이타누스는 주변을 둘러보았다. 널려진 시체. 대부분이 평원의 전사들이었다. 그의 눈에 불이 일었다.

"끄으~ 끄으~ 쥐새끼들이 발악을 하는구나."

"대전사님. 물러나셔야 합니다."

"물러나라?"

"그리합니다."

군사의 말에 앓는 소리를 내며 얼굴을 굳히는 대전사였다. 화가 난 얼굴이었다. 군사 역시 그러한 대전사의 반응에 긴장한 얼굴이었으나, 자신의 의견이 받아지리라는 것을 믿어 의심치 않았다.

"끄으으음."

"시기가 되었을 뿐입니다. 예상했던 일이 조금 빨리 다가온 것뿐입니다."

"제길, 정리되는 대로 후퇴한다."

"명!"

＊　　　＊　　　＊

　대전사가 후퇴를 결정하고 군사를 물릴 즈음 황도를 점령하고 있는 황제의 집무실 역시 그들에 대한 논의가 있었다.

　"대전사가 후퇴를 했다고?"

　"그렇습니다."

　"생각보다 빠르군."

　"저들이 생각보다 빨리 움직인 것뿐입니다."

　담담하게 대답하는 군사였다. 대족장인 클레이투스 칼라한 역시 이미 짐작하고 있었다는 듯이 고개를 주억거렸다. 시기가 조금 빨랐을 뿐 큰 문제가 아니었다.

　"그렇군. 남십자성인 비스크 성은 어떠한가?"

　"외성이 대파되는 치열한 집진을 벌였다 합니다."

　"흐음. 외성이 대파될 정도라면 역시 마법인가?"

　"상당한 마법 전력이라고 했습니다."

　"켈프란 성도 역시 그러하겠지?"

　"마법이라기보다는 어쌔신과 기사단이라고 했습니다."

　그들은 앉은 자리에서 비스크 성과 켈프란 성의 상황을 모두 꿰뚫고 있었다. 또한 그들이 어떻게 나올지도 알고 있었다는 듯이 약간의 흔들림도 없는 담담한 목소리였다.

　"동과 남이 다르군. 북은 어떠한가?"

"북은 아직 파악이 안 되고 있습니다."

"파악이 안 된다? 전령은?"

"보냈습니다만 돌아오지 않았습니다."

그 말에 대족장의 얼굴이 꿈틀거렸다. 남부와 동부만을 걱정했다. 그중 남부를 가장 경계했다. 한데 의외의 복병이 나타난 것이었다.

"자네가 보기에는 어떠한가?"

"어쩌면 가장 두려워해야 할 적일지도 모릅니다."

대족장 클레이투스 칼라한이 두툼한 손으로 턱에 난 까칠한 수염을 만졌다. 대군사인 미하일로스 세이건은 대족장의 옆에 앉아 조용히 차를 마시고 있었다. 자신의 주군에게 생각할 시간을 주는 것이리라.

"북부가 자꾸 거슬리는군."

"대족장께서 생각하시는 것이 맞다면 가장 먼저 북부를 제압해야 합니다."

"왜 그렇게 생각하나?"

"북부에 보낸 15만이 돌아오지 않았습니다."

"알고 있네."

"전멸일 가능성이 높습니다."

그에 굵은 눈썹을 꿈틀거리는 대족장 클레이투스 칼라한이었다. 마음에 안 든 것이었다. 무려 15만의 전사가 돌아오지 않았다. 마음에 들지 않았다. 하지만 지금의 상황에서 아무리 머리를 싸맨다 해도 쉽게 해결책이 나오지 않을 것임을 알았다.

"남부도 문제네."

"남부는 대전사에게 맡기면 됩니다."

"동부는?"

"협력관계가 가장 좋으나, 아직은 왕국으로 서지 않은 상태인지라 관망해야 할 듯싶습니다. 물론 차후에 동부나 북부, 혹은 남부 중 하나와는 반드시 연합을 해야 합니다."

"일이 틀어지는군."

"전장은 예측할 수 있으나 예단할 수는 없습니다. 그것이 전장입니다."

"그렇긴 하지."

"황제는 어찌하실 것입니까?"

잠시 말이 없던 대족장이 간단명료한 해답을 내놓았다.

"죽여야지."

"아직 어렵습니다."

"어려도 황제네."

"알겠습니다."

"철수 준비를 하게."

"어찌하면 되겠습니까?"

"늙은이와 병든 자를 제외한 모두를 동원한다. 황궁은 불태우고 우물은 메우거나 독을 풀도록."

"대족장의 뜻대로."

바이큰족에게 점령당했던 황도에 또 다시 폭풍이 몰아닥치기 시작했다.

CHAPTER
05
패자(霸者)로 서다

Knight King

밀리예프 후작이 농쪽의 켈르단 성을 함락시키고, 로드리게스 후작이 남쪽의 비스크 성을 함락시키자 마치 기다렸다는 듯이 바이큰족은 후퇴를 결정했다. 하지만 절대 그냥 가지는 않았다.

황도로 물밀듯이 들이닥친 동부군과 남부군은 황도에 펼쳐진 참상에 입을 다물 수 없었다. 모든 것이 부서지고 깨졌다. 시체가 산을 이루고 핏물이 내를 이루고 있었다.

로드리게스 후작은 급히 말을 달려 황궁으로 들어간 바 황궁은 황도의 저자보다 더하였다. 황궁의 중심에 자리 잡았던 커다랗고 아름다운 호수는 죽은 이들의 핏물에 잠겨 물고기가 배를 까뒤집고 동동 떠다니고 있었다.

"황제 폐하!"

다급한 로드리게스 후작은 황궁의 곳곳을 뒤지기 시작했다. 시녀들과 시종들이 모조리 떼죽음을 당하였지만, 어쩌면 황제라고 살려둘 수도 있었기에 목 놓아 황제 폐하를 외치며 황궁을 뒤지기를 한 시간여.

열 살 남짓한 왜소한 황제는 목과 몸이 분리되어 그의 침상 밑에서 발견되었다. 그 참상에 이루 말할 수 없는 슬픈 표정을 짓던 로드리게스 후작은 크게 소리 놓아 울었다.

"크허허허헝! 황제 폐하!"

그 모습이 어찌나 서럽던지 그 주변을 지키고 있던 귀족이나 기사들은 저도 모르게 눈물을 훔칠 지경이었다. 로드리게스 후작은 한참을 그렇게 있었다.

마침내 흐느낌이 잦아들고 그가 분연히 일어섰다.

"내, 내 이놈들을 용서치 않을 것이다."

"후작 각하. 참으십시오."

"참으라니. 어떻게 참는단 말인가?"

"지금은 황도를 수습하는 것이 더 큰 일입니다."

"허어~ 허어~ 어찌 이런 일이 있을 수 있단 말인가. 비천한 평원 놈들에게 황도가 점령당하고 황제폐하께서 시해 당하시다니……!"

하늘을 보며 한탄하는 로드리게스 후작의 모습은 그야말로 제국의 앞날을 걱정하는 진정한 귀족처럼 보였다. 그에 여기 모인 모든 이는 로드리게스 후작을 택한 것이 진정한 기사이고 귀족이라 생각할 정도였다.

로드리게스 후작이 그러는 동안 밀리예프 후작은 내성과 외성을 넘나들면서 제국민을 괴롭히는 이들을 잡는다 하여 가가호호를 다니며 그들을 색출해 내고 있었다. 한발 빠르게 민심을 파고든 것이다. 또한 그는 군량을 풀어 헐벗은 제국민에게 배급해 주기 시작했다.

로드리게스 후작과 밀리예프 후작이 이렇게 발 빠르게 움직이는 동안 베르누크는 그저 황도의 한쪽에 군영을 펼치고 있을 뿐이었다.

*　　*　　*

세 명의 수장이 황궁에 모였다. 그들의 뒤에는 기사단과 마법사들이 도열해 있었다. 누가 자신의 위세를 더 크게 보이느냐 하고 경쟁이라도 하듯이 말이다.

질식할 것 같은 분위기를 깨고 베르누크가 입을 열었다.

"황도를 포기하겠습니다."

"정말인가?"

밀리예프 후작이 의외라는 표정으로 되물었다. 그에 베르누크는 밀리예프 후작을 보며 고개를 주억거리며 답했다.

"능력이 안 되니까요."

"조건은 없나?"

그러함에도 불구하고 로드리게스 후작은 의심이 가득한 눈초리와 목소리로 베르누크에게 물었다. 중앙을 과감하게 포기하는 이유가 있을 것이기 때문이었다.

"죄수들을 넘겨주시면 됩니다."

"죄수들이라?"

베르누크의 의외의 제안에 밀리예프 후작과 로드리게스 후작의 안색이 급변했다. 사실 그들에게 있어 황궁의 감옥에 수감되어 있는 죄수들은 참으로 난감한 존재들이었다. 죄수다운 죄수가 아니기 때문이었다.

제국의 석학들과 진정한 군부의 실세들. 그리고 올곧은 기사들이 대부분인 덕분이었다. 그러한 죄수만도 무려 천여 명을 넘기고 있으니 그들을 포섭하자니 부담되고, 풀어주자니 후환이 두려웠다.

제국의 백성들은 아직도 그들을 기억하고 있었다. 제국의 기사들은 아직도 그들을 기다리고 있었고, 제국의 병사들은 아직도 그들을 기리고 있었다.

반드시 제거해야만 하는 존재들이나 그 과정이 절대 쉽지 않은 존재들.

그 외 황궁의 감옥에는 이루 말할 수 없는 흉악범도 다수 있었다. 황궁의 감옥 자체를 증축해야 할 정도니 그 인원이 얼마나 많겠는가?

밀리예프 후작과 로드리게스 후작의 눈이 심유하게 베르누크를 바라보았다. 도대체 무슨 심산인지 감조차 잡을 수 없었다. 밀리예프 후작의 뒤에 있던 멘테스 경이 조용히 귀엣말을 전했고, 로드리게스 후작은 군사장인 로버트 오펜하이머 경과 귀엣말을 속삭이고 있었다.

그리기를 한참.

"좋네. 그 외의 조건이 없다면 본 작은 찬성하네."

로드리게스 후삭이 마침내 무거운 입을 열었다.

"본 작 역시 찬성하는 바이네."

밀리예프 후작 역시 무거운 입을 열었다. 그에 베르누크는 고개를 살짝 끄덕이고는 말을 이었다.

"그럼 전 죄수들을 수습하는 대로 황도를 떠나도록 하겠습니다."

"그리하게."

베르누크는 아직도 자신의 제안에 대해 의심의 눈초리를 하고 바라보고 있는 두 명의 후작을 뒤로 남겨두고 곧바로 황궁의 회의실에서 일어나 밖으로 나왔다.

"황궁 감옥으로 간다."

"명!"

철컥! 철컥!

베르누크를 선두로 하여 레너드와 롬멜 백작, 그리고 카림 경이 따르고, 그 뒤를 기사들이 따랐다. 물론 베르누크의 수 신호위인 제이와 데이브 역시 그의 뒤를 그림자처럼 따랐고 말이다.

＊　　＊　　＊

황궁의 지하 감옥.

지하에 자리 잡은 만큼 넓기도 넓었으며 감방과 길이 미로 처럼 얽혀 있어서 안내인이 없으면 찾아가지도, 찾아 나오지 도 못할 정도로 대단한 감옥이었다.

끼이이이이!

쿠더~ 엉!

그 감옥의 가장 첫 번째 관문인 육중한 철문이 기이한 소음 과 함께 열렸다. 그리고 일단의 사람이 감옥에 발을 디뎠다. 바로 베르누크 일행이었다. 군사 카림과 총 기사단장인 레너 드, 그리고 두 명의 수신호위.

　그렇게 단출한 인원으로 감옥에 발을 디딘 베르누크의 앞
에는 예의 음충스럽게 생긴 간수가 서 있었다. 오늘 베르누크
의 안내를 담당할 간수장이었다.

　"켈켈. 어서 오십시오. 안내를 할 간수장입니다."

　"이름은 없나?"

　"저같이 비천한 자가 이름이 무에 필요하겠습니까? 그저
간수장이면 된 것을요."

　"그래?"

　"이쪽으로."

　간수장이 베르누크 일행을 안내했다. 감옥은 으레 그렇듯
음침했다. 축축하고 빛이 들지 않았고 켜 놓은 횃불 덕택에
매캐한 그을음까지 코를 간지러협다.

　하나의 회랑을 지나 하나의 문이 나와 그곳을 지나쳤다. 둥
글게 나선형으로 만들어진 계단이 나왔다. 좌우에 벽은 없었
다. 그저 시꺼먼 공간일 뿐.

　그리고 그 시꺼먼 공간에서 불어오는 차갑고 음습하며 퀴
퀴한 바람.

　휘오오오오―

　불어오는 바람에 간수장이 든 횃불이 이리저리 움직이며
잠깐 잠깐씩 비추는 공간은 그야말로 무저갱처럼 그 끝이 보
이지 않았다.

"고대에 만들어진 모양이군."

"자세한 내력은 모릅죠. 언제나 이러했습죠. 켈켈."

베르누크의 말에 일일이 대답을 하며 간수장이 히죽거렸다. 그가 어두운 공간을 밝히기 위해 횃불을 들고 나선형의 계단을 내려갔다. 그러기를 한참. 마침내 평평한 바닥이 드러났다.

"얼마나 걸렸지?"

"대략 30분쯤 걸렸습죠."

"그렇군."

저벅! 저벅!

일렁이는 횃불과 조용한 발소리만 들렸다. 그러다 어느 순간 감방이 하나씩 보였다. 좌우로 쭈욱 펼쳐진 감방. 철문의 아래 배식판을 넣어주는 곳과 철문 위에 쇠창살로 얼굴 정도만 보이는 창이 다인 단단한 철문이 보였다.

"클클클. 오늘은 어떤 애송이가 오는 건가?"

"잭! 헛소리 마라. 오늘은 손님이다."

"크헬헬. 손님이라니. 이 지옥에 손님이 와?"

"크카카카카카! 손님이라는 놈 손가락 좀 넣어보라고 그래. 요즘 고기가 부실해서 말이지."

감옥의 긴 회랑은 금세 시끌벅적해졌다.

"킁킁. 이런 신선한 냄새라니. 으허허허허."

“켈켈켈. 침이 고이는구나.”

“재미있는 곳이군.”

베르누크가 살짝 웃으며 내 은 첫 마디였다. 남들이 들으면 미친놈이라 하기 딱 맞았다. 누구든 아무리 흉악범이라고 해도 이곳에 온 첫날은 계집아이처럼 질질 짜며 아랫도리에 누런 물을 흘려내기 일쑤였다.

웬만한 간담으로는 감방에 있는 죄수들의 살기를 견뎌내기 힘들기 때문이었다. 그런데도 불구하고 재미있는 곳이라는 말과 함께 웃음까지 보였다. 그에 간수장은 어처구니없다는 듯이 고개를 절레절레 저었다.

그렇게 한참을 걷고 다시 나선으로 된 계단을 내려가 한참을 걸은 뒤에 베르누크는 자신이 만나고자 하는 자를 만날 수 있었다. 베르누크가 만나고자 하는 자, 그는 바로 행방불명된 구데리안 공작이었다.

길고 긴 회랑의 가장 끝, 육중한 철문으로 된 감방 안에 구데리안 공작은 머물고 있었다. 쇠골을 관통당하고, 손목과 발목, 그리고 양쪽 옆구리를 가늘고 은빛 나는 쇠사슬로 관통당한 채로 말이다.

표정을 숨기고, 베르누크가 그에게 심드렁하게 물었다.

“여기서 뭐하십니까?”

“잡혀 있지.”

돌아오는 대답 또한 매우 심드렁했다.

“그깟 쇠사슬 못 끊어서 잡혀 계십니까?”

“나름 편하기도 하네.”

“외손자는 전혀 안 보실 생각입니까?”

베르누크의 입에서 외손자라는 말이 나오자 세상을 달관한 듯한 표정을 짓던 구데리안 공작의 얼굴이 굳어졌다. 갈등하고 있는 빛이 역력했다.

“…….”

“안 보신다면 그냥 가겠습니다.”

“제국은 어찌 되었나.”

기어이 구데리안 공작은 외손자의 걱정보다는 제국에 대한 것부터 먼저 물어왔다. 하지만 베르누크는 그럴 줄 알았다는 듯이 선선히 대답해 주었다.

“황도는 탈환했습니다.”

“황도를 탈환해? 그들이 왜?”

“그냥 물러났느냐는 말입니까?”

“그러하네.”

진정으로 궁금한 듯이 구데리안 공작은 베르누크를 보며 해명을 요구했다. 그에 베르누크는 어깨를 으쓱이며, 어쩔 수 없다는 듯이 한숨을 내쉬며 말을 이었다.

“생각해 보십시오. 북부와 동부와 남부의 실세들이 모였습니다. 그리고 황궁의 지하 감옥에는 제국의 충신들이 그 수를 헤아릴 수 없을 만큼 많이 있습니다."

"…자중지란인가?"

베르누크의 말에 무겁고 침중한 목소리로 그 해답을 찾은 구데리안 공작이었다.

"하지만 여기 감옥에 머물고 있는 사람들은 제외해야 할 듯하군. 이곳에는 무엇을 하고자 한다고 해서 할 수 있는 신분들이 아니니 말일세."

"아직 제국의 백성들은 이곳에 머문 이들을 기억하고 있고, 기다리고 있으며, 그들의 올곧은 충심을 기리고 있습니다."

베르누크의 말에 힘없이 고개를 주억거리는 구데리안 공작이었다. 그리고는 이내 허탈한 듯, 쉬어버린 듯한 녹소리로 말했다.

"클클. 바이큰족에 누군가 대단한 사람이 있는 모양이군. 한데 자네 때문에 물거품이 된 것이로군."

"북부는 아직 힘이 모자랍니다. 해서 황도를 포기하는 대신 죄수들을 받았습니다."

"어째서?"

"구데리안 공작 각하의 외손자가, 이 베르누크 아이젠의 아들인 지그프리트 아이젠이 원하더군요."

베르누크의 말에 눈썹이 파르르 떨리는 구데리안 공작이었다. 자신의 외손자도 외손자지만 황도를 포기하고 황자였던 의붓아들의 소원을 들어주는 이 담대한 사내를 향한 갈등과 연민, 그리고 감탄과 고마움을 느끼고 있었다.

"고맙군."

"그 말 듣자고 한 일은 아닙니다. 어쨌든 나가실 겁니까? 여기 계실 겁니까? 계신다면 말리지는 않습니다."

"아니, 한 가지만 한 가지만 더 물어봄세. 포기할 텐가?"

기어코 자신이 궁금했던 것을 물어보는 구데리안 공작이었다. 그에 베르누크는 빤히 구데리안 공작을 바라보면서 담담하게 말을 이었다.

"새 술은 새 부대에 담는 법입니다. 미련을 버리지 못한다면 그냥 갈 겁니다."

"꼭 그래야만 하겠는가?"

"황제가 죽었습니다. 목이 잘렸더군요. 로드리게스 후작은 황제의 인장을 찾아 헤매고 있고, 밀리에프 후작은 스스로 인장을 만들었더군요."

"결국 그렇게 되는군."

베르누크의 말에 눈을 질끈 감아버리는 구데리안 공작이었다. 구데리안 공작의 목소리는 허탈하고 공허했다. 한꺼번에 10년은 더 늙어버린 듯한 모습이었다. 그리고는 이내 씁쓸하게 외쳤다.

"이 사슬 좀 풀어주게. 마법 쇠사슬인지 도통 마나를 유통시킬 수가 없구만."

"캔슬! 언락!"

딸깍!

촤르르르륫! 철그럭! 철그럭!

베르누크가 아무렇지 않게 쇠사슬을 해제했다.

"큭!"

모든 사슬이 풀린 것은 아니었다. 베르누크가 풀어준 것은 손을 묶고 있던 사슬의 일부. 그러나 그것으로도 충분했다.

처음엔 답답한 듯 신음을 흘렸던 구데리안 공작은, 두 팔을 늘어뜨린 채 마나를 유동시키기 시작했다.

스후후후~

놀라운 일이 일어났다.

끼리릭! 철컹! 철컹! 투두둑!

구데리안 공작의 마나를 제어하고 있던 쇠사슬이 저절로 떨어져 내렸다. 피폐해져 있던 그의 얼굴에 홍조가 돌고, 하얗게 샌 머리에 검은색이 돌아왔다.

훨씬 나은 상태로 돌아온 구데리안 공작이 팔과 어깨를 움직이며 베르누크에게 물었다.

"자네 마법까지 할 줄 아나?"

"간단한 것만요. 그러는 공작 각하도 스스로 사슬을 푸시다니 대단하시군요."

별로 대수롭지 않다는 듯이 어깨를 으쓱해 보이는 베르누크였다. 놀라는 것은 비단 구데리안 공작뿐만 아니었다. 베르누크의 측근들마저 입을 떡 벌리고 놀라고 있었다.

베르누크의 가장 측근이라 할 수 있는 이들조차 모르는 베르누크만의 마법.

그러한 그들의 표정을 읽은 구데리안 공작은 베르누크를 바라보며 어처구니없다는 듯이 말했다.

"크음. 자네는 정말 무서운 자로군. 지금껏 그것을 숨기고 있었다니 말이네."

"하나쯤은 감추고 있어야지요."

"이제 와서 드러낸다는 것은 어느 정도 자신감이 있다는 표현이겠군. 자네가 조금 전에 말한 것은 엄살이었던가?"

구데리안 공작의 말에 어깨를 으쓱해 보이는 베르누크였다.

"남은 죄수들을 부탁합니다."

"알겠네."

*　　　*　　　*

베르누크는 3천의 죄수를 대동하고 북부로 향했다. 그동안 밀리예프 후작과 로드리게스 후작은 황도를 양분하고 군사를 두었다. 황도의 북은 밀리예프 후작이, 황도의 남은 로드리게스 후작이 점령했다.

그들이 황도를 무단으로 점령한 이유는 그들의 또 다른 속내가 있었기 때문이었다. 그들이 이미 나라를 세우기로 했다는 것을 모르는 제국민들은 없다.

황제가 죽고 황도가 점령당했다. 조금이라도 세간의 상황에 귀를 기울이는 제국민이라면 이제는 제국이 갈라지고 오우거 같은 이들이 스스로를 세울 일만 남았다는 것을 모를 리 없었다.

그러한 욕심을 드러냄에도 불구하고 제국민들이 그들을 인정하는 것은 이미 제국이 무너짐을 알고 있었고 직접적으로 느끼고 있었기 때문이었다. 그에 밀리예프 후작이나 로드리게스 후작은 그 마음을 숨기지 않았다.

오히려 당당하게 드러낸 첫 번째 작업이 바로 황도의 점령일 것이다. 하나, 그것만으로 제국민의 마음을 끌어들이기는 어려운 면이 있다. 해서 그들은 어찌 되었든 간에 힘을 합쳐 서부를 점령하고 있는 바이큰족에 맞서야만 했다.

그들이 황도를 점령하고 제국민의 마음을 어루만지고 있을 때 베르누크는 북부의 관문이라 일컬어지는 크로메스 산을 지나 작센의 영지로 들어서고 있었다.

"영주님. 긴급한 보고입니다."

통신을 담당하는 마법사가 헐레벌떡 숨을 몰아쉬며 선두를 유지하고 있는 베르누크에게 다가왔다.

"무슨 일인가?"

"영지전입니다."

"영지전?"

"그렇습니다."

마법사의 보고에 행군을 멈춘 베르누크는 바로 명령을 내렸다.

"이곳에서 숙영지를 정한다."

"명!"

작센 영지의 초입에서 갑작스럽게 숙영지를 정하는 베르누크였다. 레너드의 진두지휘하에 빠르게 숙영지를 꾸리고 있는 모습을 보며 베르누크는 옆에 있는 카림 경을 향해 물었다.

"북부 귀족 연합이겠지?"

"그럴 겁니다."

"어떻게 생각해?"

"북부 귀족 연합에 가입한 귀족들은 총 12개 영지입니다. 아마도 몇 개의 방향으로 나누어서 진격할 겁니다."

“왜? 한꺼번에 몰려오면 깔끔하게 끝나는데?”

“그들은 스스로를 과신하고 있습니다.”

“오호. 그 말인즉슨 너희는 우리의 한 주먹거리도 안 된다?”

“이를테면 그 말입니다.”

“이곳 작센 영지의 영주는 북부 귀족 연합에 속하는 귀족이겠지?”

“그것은 알 수 없습니다. 자세한 것은 통신을 통해서 알아볼 수밖에 없습니다.”

“흐음.”

베르누크는 팔짱을 끼고 저물어가는 석양을 바라보았다. 솔직히 지금까지 별다른 감상 없이 한 번 잘 살아보겠다고 앞뒤 안 가리고 뛰었다. 그 와중에 배신도 당했다.

하지만 잃은 것보다는 얻은 것이 더 많았다. 그래서 만족하고 있었다. 그런데 상황이 점점 자신에게 하나의 선택을 강요하고 있었다. 베르누크의 시선이 석양에서 이른 저녁을 준비하는 병사들에게로 향했다.

“영주님. 통신 준비 되었습니다.”

“그러한가? 가지.”

“알겠습니다!”

마법사가 베르누크를 수행하며 긴급하게 설치된 마법 통

신 막사로 향했다. 베르누크가 도착했을 때는 이미 모든 준비가 완료된 상태였다. 마법 통신 막사에는 예의 허공에 녹색으로 된 이미지가 떠 있었다.

그 이미지에는 현재 자신을 대리해서 영지를 총괄하고 있는 마탑주 카이시스 라이너가 보였다. 이에 베르누크는 예를 차릴 필요도 없이 의자에 앉자마자 바로 본론으로 들어갔다.

"흐음. 적들이 모두 세 방향으로 접근하고 있다고요?"

"그렇습니다. 바마코 방면에 5만, 라바트 방면으로 4만, 마푸트 방면으로 4만 5천의 군세입니다."

"대책은 세워두셨습니까?"

"현재 제가 중심을 잡고 있고, 바마코 방면에는 부마탑주인 스토리지 자작이 방어 준비를 하고 있고, 마푸트 방면은 브룩하이머 경이, 라바트 방면은 바실리코프 경을 배치하여 방어 준비를 하고 있습니다."

"언제쯤 전투가 시작될 것 같습니까?"

"늦어도 10일 이내입니다. 영지전을 신청한 것이 하루 전이니 말입니다."

"알겠습니다. 본 작 역시 이곳에서 대책을 마련하도록 하겠습니다."

"알겠습니다."

통신 구슬에 불이 꺼지고 베르누크는 카림을 대동하고 지휘관 막사로 향했다. 이미 모든 지휘관이 작전을 위해 모여 있을 것이다.

지휘관 막사에 도착하여 착석한 베르누크는 곁에 있던 카림에게 물었다.

"어떻게 하면 좋겠나?"

"시기가 조금 공교로울 뿐 이미 예상했던 일. 현재의 군을 세 개로 나누어서 적의 후미를 잡으면 됩니다."

"그들도 예상하고 있을 터인데?"

"상관없습니다. 그들은 자만하고 있으며 아군의 전력을 제대로 파악조차 못하고 있을 것입니다."

군사장인 카림의 자신만만한 말에 고개를 주억거린 베르누크였다.

"좋아. 그러면 어떻게 나누면 되지?"

"영주님께서 바마코 방면으로 진입하시고, 마푸트 방면을 좌군으로, 라바트 방면을 우군으로 삼아서 좌군장을 롬멜 백작에게 맡기고, 부사령관을 헤르메스 경으로, 군사로는 레니 프리어스 경을 임명하여 라바트로 진격토록 하고, 우군장을 테레지아 남작에게 맡기고 부사령관에 타이슨 경으로, 군사로는 체임 바이스만 경을 임명하여 마푸트로 진격토록 하면 됩니다."

마치 기다리고 있었다는 듯이 막힘이 없는 카림이었다. 그러함에도 불구하고 베르누크는 별로 놀라지 않았다.

"병력은?"

"현재 16만의 군세입니다. 좌군에 경기병 1만, 궁기병 5천, 병력 5만과 크라베이더 남작과, 브레이번 남작께서 참전하시고, 우군은 경기병 1만, 궁기병 5천, 병력 5만과 스틸러스 남작과 아드리안 남작께서 참전하시면 됩니다."

"그럼 중군은 병력 5만과 경기병 7천, 궁기병 5천, 그리고 기사단장이 참전하겠군. 1만은 본 숙영지에 남아 죄수들을 관리할 것이고."

"그렇습니다. 숙영지의 죄수를 관리하는 임무를 맡길 이로는 구데리안 공작님이 가장 적당할 것 같습니다."

카림이 은근히 말석에 앉아 있는 구데리안 공작을 바라보며 말을 하고 있었다. 죄수의 신분은 벗어났지만 아직 공작의 신분으로 복권되지는 않았다. 하지만 죄수들을 포함한 모든 이는 이미 그를 공작으로 인정했고, 죄수들은 은근히 그를 따랐다.

그에 베르누크는 구데리안 공작을 바라보며 그 의향을 물었다.

"어떻습니까?"

"맡겨만 준다면."

"맡기겠습니다."

그것으로 끝이었다. 베르누크와 구데리안 후작은 많은 말
이 필요 없었다. 둘 다 백전노장이요 마스터의 경지를 개척한
사람들. 보통의 인물들과 확연히 다른 군사적인 이해력을 지
닌 이들이었다.

구데리안 후작과의 일을 간단하게 마무리한 베르누크는
좌중을 쓸어보며 물었다.

"이의 있는가?"

"없습니다."

"하면, 내일 날이 밝는 대로 각자 병력을 인솔하고 출발하
도록 하고, 오늘 모든 구성을 마치도록."

"명!"

숙영지를 정하고 이른 저녁을 먹는다 싶더니 이내 숙영지
가 분주해졌다. 바로 내일을 위해 출성 준비를 해야 하기 때
문이었다. 아마도 병력 구성을 마치는 대로 일찍 취침에 들어
갈 것이다.

그렇게 분주히 움직이는 숙영지를 바라보던 카림이 베르
누크의 곁으로 다가왔다.

"무슨 할 말이 있나?"

"있습니다."

"말해보게."

"앞으로 행보를 어찌하실 것입니까?"

"앞으로의 행보라……."

잠시 뜸을 들이는 베르누크였다. 벌써 세 번째의 질문이었다. 하지만 그 상황마다 모두 달랐다. 앞선 두 번의 경우와는 완전히 다른 경우였다. 뜸을 들이는 베르누크의 모습에 카림이 채근했다.

"최초 영주님께서 저를 들이실 때와 남부의 반란을 진압하기 위해 출정하실 때와 지금의 상황은 너무도 많이 변했습니다."

"그렇지."

"상황이 변한 만큼 목표와 결심 역시 변해야 한다고 생각합니다."

"새로운 결심을 해야 한다는 것인가?"

"그렇습니다."

"흐음……."

베르누크의 입에서 무거운 한숨이 토해져 나왔다. 정신없이 달려왔다. 아직도 갈 길이 먼데 이번에는 갈림길이 있었다. 두 가지의 선택을 해야만 했다. 이것은 어찌 보면 당연한 수순이라고 할 것이다.

애써 외면하고 있지만 상황은 현실을 직시하도록 강요하고 있었다. 쉽지 않은 결정이었지만 베르누크는 이내 고개를 주억거리며 입을 열었다.

“원한다면 그렇게 해야겠지.”

“결정하셨습니까?”

카림의 질문에 고개를 끄덕인 베르누크는 담담하게 말을 이었다.

“가던 길 가야지.”

“가던 길입니까?”

“어차피 경이 하고 싶은 말도 그것이지 않았던가?”

“이미 알고 계셨습니까?”

카림 경의 말에 피식 웃는 베르누크였다.

“머리가 있는 자라면 충분히 알 수 있는 일이잖은가. 제국은 망했고, 바이큰족은 서부를 차고앉았으며, 남부와 동부의 귀족들은 한 사람을 중심으로 모여들고 있지.”

“북부도 한 사람을 중심으로 모여야 합니다.”

“경이 말하고 싶은 것은 바로 그 한 사람이 나라는 것이겠지.”

“영주님을 제외하고는 그 누구도 설 수 있는 사람이 없습니다.”

“높이 평가해 줘서 고맙다고 해야 하나? 하지만 걱정이 되지 않을 수는 없네.”

베르누크의 말에 살짝 웃음을 짓는 카림이었다. 만약 고민이 없었다면 문제가 되었지만, 고민이 된다면 문제가 될 것이 없었다. 고민을 한다는 것은 이미 이 상황을 어느 정도 예측하고 있었고, 또한 이 상황에 대하여 다각적으로 생각을 하고 있다는 것을 의미하니까 말이다.

"지금까지 하던 대로 하시면 됩니다."

"걱정이 된다고 했지 안 한다고는 안 했네."

베르누크의 말에 피식 웃어버리는 카림이었다. 이래서 영주가 좋다. 이래서 자신의 주군이 좋다. 자신의 감정에 충실하면서도 의무와 권리를 행사할 줄 아는 자신의 주군이 말이다.

"결심을 알았으니 준비하도록 하겠습니다."

"잘 부탁해."

베르누크가 카림을 보며 웃음을 지었다. 그에 카림 역시 베르누크를 보며 웃음을 지었다. 그들은 보는 것만으로도 서로의 생각을 읽어낼 수 있을 그런 주종 간이었다.

그렇게 둘만의 대화로 역사의 한 장을 채워 버린 다음 날, 새벽부터 숙영지는 바쁘게 돌아갔다. 지시받은 장소로 병력을 이동하기 위해서였다.

이미 테레지아 남작이 이끄는 우군은 4시쯤 마푸트로 이동하였고, 지금은 라바트 방면으로 떠나는 롬멜 백작이 출발을 서두르고 있었다.

그들이 다 떠나고 베르누크 역시 군사를 정비했다. 이미 새벽부터 시끄러운 소리에 모두 깨어 있었으니 그리 어려울 것도 없었다. 일찌감치 식사를 마치고 물자를 정비하고 진채를 정리하고 있었다.

그때 전방 정찰을 보냈던 일단의 병사가 진채로 돌아왔고, 그들을 인솔했던 기사가 가볍게 베르누크에게 예를 갖추고 보고를 했다.

"적이 성을 버리고 나섰습니다."

"호오~ 성을 나섰다?"

"그렇습니다."

"병력은?"

"6만가량입니다."

베르누크는 기사에게 손짓을 해 보였다. 더 자세한 사항을 알고 싶다는 표현이었다. 그럴 줄 알았나는 듯이 징찰을 인솔한 기사는 이내 조사한 바를 베르누크에게 보고했다.

"정규군 복장의 병력은 대략 2만가량이었으며, 그중 기사는 2백을 헤아립니다."

"4만이 징집병이거나 혹은 용병들이라는 말이로군."

"그렇습니다."

"수고했네. 쉬도록!"

"명!"

기사가 간략한 보고를 마치고 잘 정리된 한 장의 지도를 지휘관 탁자에 놓고 물러났다. 고개를 살짝 끄덕인 베르누크는 이내 주변을 쓸어보며 말을 이었다.

"4만이 징집병이나 용병이라면 우리에게는 더 없이 좋은 소식이로군. 그럼 시작해 보지."

그에 군사장으로 있는 카림이 일어나 정찰을 다녀온 기사가 별도로 상세하게 정리해 온 정찰 상황과 그것을 대입하여 만든 작전 지도를 보며 설명을 해 나갔다.

"일단 저 작센 성을 지키고 있는 귀족은 스티븐 컴블 남작입니다. 특이 사항은 별로 없으나, 성정이 급하고 탐욕스러운 자로 알려져 있습니다. 컴블 남작 휘하의 기사 역시 이렇다 하게 주목할 만한 자가 없습니다. 한마디로 능력은 안 되나 욕심은 많은 탐욕스러운 귀족과 다르지 않습니다."

카림이 간단하게 설명을 하자, 이번 전투가 그리 어렵지 않겠다는 것을 직감한 베르누크가 분위기를 전환시키기 위해서인지 한마디 했다.

"하면, 적에게 경각심을 주기 위해서 정면으로 뭉개주면 되나?"

"하하하."

"역시 그 방법이……."

베르누크의 말의 의미를 헤아린 기사들과 귀족들이 호탕하게 웃으며 동조해 왔다. 카림 역시 그 의도를 알기에 가볍게 웃음 지었다.

 “4만의 징집병 혹은 용병들은 따로 살려야 하지 않을까 싶습니다.”

 “그들은 살려야 하겠지. 간단한 방법은 그들이 움직이지 않는 방법인데……”

 그렇게 말을 하면서 카림을 바라보았다. 해답을 내라는 말이었다.

 “역시 용병을 이용하는 방법이 좋겠습니다.”

 “용병이라. 괜찮기는 하지만 의심받지 않겠나?”

 “그들이 용병을 그렇게 중요시 여긴다고는 생각지 않습니다.”

 “그러한가?”

 카림의 말에 베르누크를 비롯한 모든 이가 고개를 끄덕였다. 실제 북부의 아이젠 영지를 제외하고는, 용병에 대한 인식이 그저 떠돌이 비슷한 덕택에 카림의 말은 상당한 설득력을 가지고 있었다.

 거기까지 생각이 미친 베르누크는 이내 화제를 전환했다.

 “그들이 원하는 전장이 있을 것 같은가?”

 “아마 클로나 평원이 아닐까 합니다. 그들이 왜 그런 생각을 하는지 모르지만 일단 그들은 우리보다 자신들이 병력이 더 우위에 있다고 판단하는 듯합니다.”

“어리석군.”

베르누크의 말에 피식 웃으며 카림 군사장이 말을 이었다.

“그들을 단번에 격파해야 합니다. 그리고 빠르게 적의 후미를 잡아 북부를 한 손에 거머쥐어야 합니다.”

카림 군사장의 말에 작전회의에 참석한 이들의 눈이 빛났다. 지금까지 한 번도 거론되지 않았던 북부의 패자라는 말이 거론되었다. 진즉에 마음을 듣고 싶었으나 그것은 꽤나 조심스러운 질문일 수 있었기에 그저 마음 한 켠에 담아 두었던 말이었다.

베르누크는 자신을 향해 쏟아지는 눈초리를 느끼고 피식 웃어버렸다. 이들을 이끄는 것은 자신이다. 자신을 보고 이들은 죽음을 불사하고 있다는 말이었다.

좌군의 군장이 된 롬멜 백작도 그러하고 우군의 군장이 된 테레지아 남작도 그러하였다. 이제는 자신이 이들의 울타리가 되어야만 했다. 그들이 자신의 몸을 세워주었으니 말이다.

“한번 같이 해보지 않겠나?”

베르누크가 좌중을 쓸어보며 물었다. 그에 레너드를 포함하여 제이, 데이브, 카림 등 모두가 일어났다. 그들이 무릎을 꿇고 오른손을 가볍게 말아 왼쪽 가슴에 대고 고개를 숙여 외쳤다.

“추웅!”

그에 다소 당황스럽다는 듯이 손으로 귀를 후비적거리는 베르누크였다.

왠지 지금의 상황이 너무나도 어색하다는 얼굴이었다. 모두 카림에 의해 연출된 것이 분명하였다.

베르누크가 카림을 바라보았다. 카림은 그저 조용히 웃으며 고개를 끄덕였다. 저들의 마음을 받아들이라는 말일 것이다. 그에 어쩔 수 없다는 듯이 고개를 절레절레 젓던 베르누크는 빽 소리를 질렀다.

"일어나! 무슨 충이야? 그냥 하던 대로 해! 간지럽게스리."

그 말에 분분히 일어났다. 하지만 그들의 입에는 미소가 걸려 있었다. 이래서 자신의 주군을 섬긴다.

그러거나 말거나 베르누크의 입에서는 다른 말이 튀어나왔다.

"작전은?"

"그들에게는 별다른 작전을 쓴다는 것 자체가 오히려 독이 됩니다. 힘에는 힘으로 가는 것이 맞습니다."

카림의 말에 웃음을 띠는 베르누크였다. 맞다. 힘에는 힘이다.

뜻을 세웠다. 북부에 자신의 존재감을 각인 시켜야 할 때가 된 것이다. 이제 더 이상 웅크리고 있어야 할 때는 지났다는 것을 알고 있었다.

작전에 대한 토론은 그리 오래가지 않았다. 이미 모두 작전의 요점을 꿰뚫고 있었기 때문이었다. 그들이 모두 물러간 자리에 구데리안 공작만이 홀로 남아 베르누크와 막사를 지켰다.

둘의 침묵을 먼저 깬 것은 바로 구데리안 공작이었다.

"진정 그리할 생각인가?"

"앞뒤 자르고 본론만 말하면 어떻게 합니까? 하지만 뭐, 그 말이 무슨 의미인지는 알기에 답하겠습니다. 전 하면 안 됩니까?"

가시 돋친 베르누크의 대답에 씁쓸하게 웃는 구데리안 공작이었다. 베르누크가 자신을 탐탁지 않게 생각한다는 것은 알고 있었다. 거기에 자신의 외손자까지 그에게 부담시켰다.

그리고 이번에는 자신의 목숨마저 구함을 받았다. 물론 나가지 않겠다고 퉁명스럽게 이야기는 했지만 진심은 아니었다. 어떻게 보면 자신은 제국의 마지막 잔재일지도 몰랐다.

그것을 알면서도 자신을 그 지독한 황궁의 감옥에서 구해내고 제국의 마지막 충의지사라 일컬어지는 귀족과 기사들 혹은 마법사를 구해내 자신의 영지로 향하고 있었다.

아무것도 묻지 않고 아무것도 원하지 않았다. 그저 자신의 외손자의 부탁을 받고 구해줬을 뿐이었다. 그래서 더 고맙고 미안했다. 한데 더 염치가 없는 부탁을 하려 하고 있었다.

구데리안 공작이 침묵하는 사이 몇 명의 인원이 베르누크와 구데리안 공작이 있는 막사로 들어왔다. 그들 모두 황궁 감옥에서 구데리안 공작의 의견을 쫓아 베르누크를 따라온 이들이었다.

그들의 면면을 살펴보자면 제국 황실 마탑의 부탑주였던 기욤 패트릭 백작과 황궁 근위 총 기사단장이었던 마리우스 프지아노스키 백작, 그리고 그의 부관이었던 크리스 햄스워스 자작이 있었다.

"하면 우리를 왜 구했는가?"

베르누크의 고개가 굵고 저음의 목소리인 마리우스 프지아노스키 백작에게로 향했다. 무심한 눈으로 그를 바라보는 베르누크였다.

'작정을 한 것인가? 뭐, 어자피 한 번은 거쳐야 할 관문이었으니.'

베르누크는 살짝 한숨을 내쉰 후 마리우스 프지아노스키 백작의 물음에 답했다.

"구데리안 공작께 듣지 못했습니까?"

"……들었네."

"더 이상의 이유가 필요합니까?"

베르누크의 냉담한 말에 얼굴을 살풋 찡그리는 프지아노스키 백작이었다. 맞다. 정확히 맞는 말이다. 그런데 마음에

안 든다.

"고작… 우리들의 값어치가 그 정도인가?"

그것은 여기 앉아 있는 네 명 모두가 가지는 생각인 듯싶었다. 그들의 눈동자에는 불쾌함이 가득했다. 자신들이 비록 황궁 감옥에 있었으나, 과거 제국의 기둥이었다.

"무엇을 할 수 있습니까? 아니, 질문이 잘못되었던 모양이군요. 망해 버린 제국을 위해서 무엇을 하셨습니까?"

"그것은……."

세 명 모두 베르누크의 질문에 대답을 하려고 했다. 제국을 지키기 위해 청춘과 가문을 바쳤다고 하려고 했다. 한데, 막상 그렇게 대답을 하려 하니 대답할 수가 없었다.

아무것도 한 것이 없었기 때문이었다. 과연 제국을 지키기 위해 자신들이 무엇을 했는지 모를 지경이었다. 막사에 있는 이들을 포함해서 베르누크를 따라나선 3천에 이르는 귀족과 기사들은 제국이 망하는 동안 감옥에 있었다.

정작 중요한 순간에 아무것도 할 수 없었던 것이었다. 베르누크에게 대답을 하려고 하는 순간 세 명 모두 그것을 느낄 수 있었다. 자신들은 자신들만 생각하고 있었다는 것을 말이다.

황실 부마탑주였던 패트릭 백작이 10년은 더 늙어버린 얼굴과 목소리로 힘없게 항변했다.

"정말 우리를, 아니, 제국을 이대로 버릴 생각인가?"

"본 작은 버린 적이 없습니다. 제국도 버린 적 없으며, 또한 구데리안 공작을 따라온 귀족과 기사들 또한 버린 적 없습니다. 하지만 이것 하나는 확실합니다."

베르누크가 말을 끊었다. 그에 네 명은 베르누크의 입을 바라보았다.

"그대들이 과거의 망령에 잡혀 있는 동안 제국은 혼란을 거듭하게 되었고, 바이큰족에게 서부를 내주었습니다. 결국 제국은 멸망했습니다. 죽은 자식 불알 만지기는 이제 그만하셔야 할 것입니다. 정통성도 혈통도 없습니다."

"하지만 내 외손자가 있네."

"분명히 말해두지만 그놈은 제 아들입니다. 더 이상 황자가 아닙니다."

아직도 제국에 미련을 버리지 못하는 구데리안 공작의 말에 베르누크의 음성이 싸늘해졌다.

"알겠습니다. 좋을 대로 하십시오. 지금 이 순간부터 여러분을 모두 방면합니다. 어디에서 왕국을 세우든 아니면 딴 세력으로 흡수가 되든 신경 쓰지 않겠습니다. 하지만 북부는 안 됩니다."

베르누크의 폭탄 같은 발언에 다들 화들짝 놀라는 모양이었다.

"어찌……."

"그것이 무슨 말인가?"

그들의 놀람에 베르누크는 싸늘하게 웃었다. 구데리안 공작을 제외한 세 명에게 시선을 두며 말을 이었다.

"구데리안 공작께 이야기한 적이 있습니다. 왜 그대들을 포기했는지. 해서 그대들에게 묻겠습니다. 동부의 밀리예프 후작이나 남부의 로드리게스 후작이 왜 다시없을 인재들인 황국 감옥의 그대들을 포기했는지 아십니까?"

그에 구데리안 공작의 얼굴이 굳어졌다. 잊고 있었다. 그저 흘러가는 말이 아님을 알고 있었으나, 지금 처한 상황이 너무 비현실적이어서 감옥에서 나올 때 베르누크가 했던 말을 잊고 있었다.

"그대들은 너무 외곬수입니다. 그래서 새롭게 탄생되어야 할 모든 것에 맞지 않습니다. 그대들이 있다면 오히려 단합을 해치고, 자중지란이 일어날 겁니다. 제국이 망한 이유는 그대들과 같습니다. 발전하지 못하고, 정체되었으며, 다가올 미래를 준비하기보다는 지나 버린 과거에 집착했기 때문입니다. 인간이 왜 결혼을 하고 아기를 갖고, 키우는지 생각해 보시길. 나의 대답은 이것입니다. 그대들의 대답을 기다리지요. 떠나든 남든 상관없습니다. 단, 남는다면 제국을 잊어야 할 것입니다. 나는 이미 제국을 벗어나기로 했고, 나만의 길을 가기로 했으니 말입니다.”

할 말을 다 한 베르누크가 일어났다. 자신의 막사임에도 불구하고 베르누크는 자리를 박차고 일어나 버렸다. 더 이상 이들과 엮인다면 무슨 사달이 나도 날 것 같았기 때문이었다.

베르누크가 막사의 문을 열고 나오자 막사의 밖에 카림이 서 있었다.

“들어오지 않고?”

“주군께서 하셔야 할 일입니다. 제가 나설 자리가 아니지요.”

주군이라는 말을 썼다. 자신을 섬기면서도 쓰지 않던 말에 베르누크가 어색한 표정을 지었다.

“이제부터는 그리해야 합니다. 아직 정식으로 개국을 하지 않았지만 이미 지존의 자리에 계십니다. 익숙해지십시오.”

“뭐 익숙해져야 하겠지. 그건 그렇고 저들이 어찌 나올 것이라 생각되나?”

“기다리면 됩니다.”

“기다린다라? 시간이 별로 없는데…….”

“시간은 오히려 저들에게 더 없습니다. 너무 오랫동안 지치고, 갇혀 있던 이들입니다. 쉽게 적응하는 것이 오히려 더 이상한 일입니다. 기다리면 저들을 얻을 수 있을 것입니다.”

카림의 말에 고개를 주억거린 베르누크였다. 기다려야만
했다. 다 와도 좋고, 한 명도 안 와도 좋다. 처음부터 저들을
거둘 수 있으리라고는 생각하지 않았다.

다만, 그동안 아무것도 원하지 않던 아들이 원했기에 들어
주었을 뿐이었다. 그들이 온다면 확실히 많은 도움이 되긴
하겠으나, 그 반대급부도 생각지 않을 수 없었기 때문이었
다.

"뭐. 기다리도록 하지."

고민은 그것으로 끝이었다. 베르누크의 눈이 진중을 살폈
다. 내일의 결전을 위해 분주하게 움직이는 모습이었다. 힘과
힘이 맞붙는 정면 대결이라고는 하지만 병사들이 긴장을 하
지 않을 수는 없었다.

다만, 이들은 많은 전투를 치른 이들이었기에 전장과 전
투에 대한 공포를 이겨내고 차분하게 움직일 수 있을 것이
다.

"아직 준비가 완료되지 않은 모양이군."

"곧 끝날 것입니다. 다들 승리를 자신하고 있으니, 크게 걱
정하지 않으셔도 됩니다."

"질 수 없는 전투야. 생채기라도 나면 다들 곡소리 날 줄
알라고 전해."

"알겠습니다."

　카림이 대답을 할 때는 베르누크의 신형은 이미 그곳에 없었다. 바삐 움직이는 진중을 살피기 위해 진중으로 휘적휘적 걸어가고 있었기 때문이었다. 그 모습을 뚫어지게 바라보던 카림이 나직이 혼잣말을 했다.

　"어쩌면 저의 이상을 주군을 통해 이룰 수도 있을지 모르겠습니다."

CHAPTER
06
영지로 향하는 길

Knight King

　작센 성의 성주인 스티븐 컴블 남작은 글로나 평원에 이미 진채를 꾸리고 있었다. 6만이라는 대군이어서인지 멀리서 보기에는 제법 단단해 보이는 진채를 꾸리고 있었다.

　하지만 베르누크가 이끄는 병력은 겨우 4만 남짓의 병력이었다. 경기병과 궁기병이 보이지 않았고, 1만의 병력 역시 보이지 않았다. 그러다 보니 무척이나 단출해 보이는 베르누크의 병력이었다.

　그래서 그런지 베르누크가 이끄는 병력을 본 컴블 남작은 날카로운 송곳니를 드러내며 웃었다. 그의 옆을 지키고 있던 총 기사단장인 산도르 경이 음침하게 말을 내뱉었다.

"흐흐. 북극성을 치면서 많은 사상자가 있었던 모양입니다."

"북쪽의 촌놈이 무얼 알겠는가? 쯧. 저걸 보면 단번에 저들을 휘저어서 무릎을 꿇려야 성이 풀리겠구만."

"흐흐. 명을 내리시면 주군의 뜻대로 이루어질 것입니다."

"아니, 아니네. 비록 적이라 하나 그들의 피로는 풀게 해줘야 귀족으로서의 도리이겠지."

"흐흐흐. 역시 주군의 성심이 바다와 같습니다. 적의 피곤한 입장마저 생각해 주시다니."

지금 이들은 귀족으로서 베르누크를 위해주고 있었다. 본래대로의 전쟁 교전 수칙처럼 말이다. 세상은 변하고 있었으나 그 변하는 세상만큼이나 빠르게 변하지 못하는 이들이 있었다.

바로 언제나 백성들 위에 군림하며, 기득권을 챙겨왔던 이들. 그들은 아직도 제국이 건재할 것이라 생각하고 있었고, 설사 제국이 망한다 하여도 자신들은 살아남을 것이라 생각하고 있었다.

과거에는 그러했다. 하지만 이제는 아니었다. 북부 전체를 향해 조용하게 다짐을 하고 있는 이가 다름 아닌 베르누크였기 때문이었다. 그는 귀족의 기득권을 인정하지 않은 사람이었다.

둥~!

두웅~!

뿌우! 뿌우우우~!

클로나 평원에 각종 전고와 뿔나팔이 울려 퍼졌다. 서로 자신의 병력의 진 구성과 함께 전투력을 고취시키기 위해 경쟁적으로 전고를 울리고 뿔나팔을 불어댔다.

조용하던 클로나 평원이 갑자기 시끄러워졌다. 그와 함께 양쪽 진영에서 뿜어내는 기세에 말은 투레질하기 바빴고, 하늘을 나는 새는 그 기세를 피해 멀리 사라져 갔다.

"전구우운. 돌겨어억!"

"돌겨어억!"

"돌격하라!"

공격은 컴블 남작이 먼저였다. 컴블 남작은 확신하고 있었다. 이 전투는 자신이 이길 것이라고. 그럴 수밖에 없는 것이 적은 기사조차 제대로 없었다. 기병도 없고 말이다.

반면에 자신은 기사만 230명이었다. 그것으로 전투는 끝이 났다고 해도 과언이 아니었다. 그런데 거기에 경기병이 무려 3천이나 있었다. 경기병이 돌격해서 가르고 기사들이 휘저으면 그것으로 이번 전투는 끝날 것이라 생각했다.

"방패 들어!"

“방패 들어!”

“1열 장창 앞으로!”

“장창 앞으로!”

“완보!”

“완보!”

거침없이 돌격해 오는 적 경기병을 보며 보병들은 전혀 동요하지 않았다. 커다란 타워실드를 세워 땅에 박았다. 그리고 어깨와 두 손으로 단단히 타워실드를 지지했다.

그다음 줄은 거의 5미터에 이르는 기다란 장창을 하늘 높이 치켜들었다가 서서히 앞으로 내리고 있었다. 그리고 다음 열은 조금씩 걸으며 앞 열과 간격을 조정하고 있었다.

그들 역시 예의 자신의 키만 한 타워실드가 있었고, 5미터의 장창이 있었다.

“충돌 대비!”

“충돌 대비!”

“3열 방패 들어!”

“방패 들어!”

“4열 장창 앞으로!”

“장창 앞으로!”

두두두두두!

경기병이 기세 좋게 방패를 향해 달려들고 있었다. 하지만 그 앞에서 아무리 전투마라고 하지만 본능은 어찌할 수 없었다. 뾰족하게 나온 창들. 그 뾰족한 창 앞에서 말들은 앞 발을 쳐들고 말았다.

이히히히힝!

"어헛! 조, 조심!"

투콱!

"버텨! 2진 방패 병 방패 앞으로!"

"방패 앞으로!"

"2진 장창병 장창 앞으로!"

"장창 앞으로!"

"찔러!"

"찔러!"

"크와아아악!"

쿠드드드득! 이히히히힝!

말이 창에 찔려 넘어졌다. 말을 진정시키려던 경기병이 말에서 굴러떨어졌다. 말발굽에 밟혀 뼈가 부서졌다. 장창을 뛰어넘으려던 말은 2중 3중으로 겹쳐 있는 장창에 고슴도치가 되어 숨도 제대로 못 쉬고 죽어갔다.

"저, 저게 무슨……!"

컴블 남작은 입을 떡 벌리고 있었다. 경기병이 막혔다. 특유의 가벼움과 빠른 기동력으로 적을 휘저어야 할 경기병이

1진도 통과하지 못하고 말과 사람이 뒤엉키고 있었다.

　보통이라면 빠르게 쇄도해 오는 경기병과 중장기병인 기사들의 돌격에 밀집 방패 진형이 뚫렸어야 정상이었다. 하지만 뚫리지 않았다. 그 원인은 바로 밀집 방패 진형의 병사들이 백전노장이었다는 점이었다.

　컴블 남작은 바로 그 점을 간과하고 있었다. 경과가 어찌 되었든 간에 지금 자신과 대적하고 있는 이들은 전장에서 치열한 전투를 경험한 이들이라는 것이었다. 어찌 보면 기사들보다 더 효용성이 있는 병사들이었다.

　쇄도해 오는 말과 기사들을 무서워하지 않는 밀집 대형의 병사들. 결과는 여실히 드러났다. 경기병이 빠르게 뚫고 지나치지 못하니 당연히 경기병의 뒤를 따라 바로 쫓아 들어오던 기사들과 어울려 아군이 오히려 발목을 잡는 결과를 낳게 하고 있었다.

　그러한 광경을 목도하고 있던 컴블 남작은 진중에서 고래고래 소리를 지르고 있었다. 그러한 컴블 남작의 명을 받은 고수와 나팔수는 쉴 새 없이 북과 나팔을 두드리고 불어 그들의 사기를 고취시켰으나 이미 서로와 뒤엉킨 기사들과 경기병들은 쉽게 전진을 하지 못하고 있었다.

　온통 그곳에 정신이 팔려 있던 그 순간이었다.

　"우와아아아!"

"쳐라! 적들을 남김없이 주살하라!"

갑자기 대열의 좌우에서 커다란 함성이 터져 나왔다. 경기병이었다. 그것도 1만은 족히 넘을 대병이었다.

"와하하하! 내가 바로 플뤼톤 레너드 베인이다."

"난 형님 동생 발록 제이 브레이커여!"

무인지경!

병력이 마치 바다가 갈라지듯 쐐기 모양으로 갈라지고 있었다. 불의 마왕 플뤼톤. 투마왕 발록. 그들을 어찌 모를까. 모르면 그것은 북부에 사는 귀족이 아닐 것이다.

"저, 저들이?"

컴블 남작의 눈이 휘둥그레 떠졌고, 입이 떡 벌어졌다. 많이 들었다. 북부의 자랑이라 전해지는 그들에 대해서 말이다. 그런네 그들이 저들인지는 몰랐다. 소문만 무성하고 그들의 진정한 정체에 대해서는 알려진 바가 없으니 말이다.

"이, 이런 젠장! 산도르! 산도르 경! 어디 있나!"

갑자기 총 기사단장인 산도르 경을 찾는 컴블 남작이었다. 하지만 산도르 경은 없었다. 주군의 곁을 지켜야 한다는 그를 말리고 오랜만에 회포나 풀라면서 선봉을 맡겼던 탓이었다.

그사이 컴블 남작의 진영은 완전히 분리되어 버렸다. 전면에 내세웠던 징집병들과 후방에서 자신을 지키게 했던 영지 정예병으로 말이다. 컴블 남작의 얼굴은 더 이상 일그러질 수 없을 정도로 일그러졌다.

컴블 남작의 본진을 둘로 나누며 레너드와 제이가 무인지경으로 휩쓸고 있을 때 베르누크는 자신의 본진에서 들이닥친 적 경기병과 기사들을 휩쓸고 있었다.

콰아아아앙!

"나이트 킹 베르누크 아이젠이라 한다."

"커허어억!"

"어, 어찌!"

후와아아아앙!

베르누크의 할버드가 크게 회전을 했다. 마치 주변의 모든 것을 한꺼번에 휩쓸 듯이 말이다. 그에 기사들이 검을 들어 막고 몸을 피해봤으나 소용없는 짓이었다.

할버드가 지나간 곳에는 오직 피만이 남았다. 질퍽한 핏물이 사방으로 튀었고, 찌그러지고 잘려 나간 풀 플레이트 메일이 몸통과 함께 전장에 나뒹굴었다.

쿠드드드득!

베르누크의 할버드가 다시 위에서 아래로 좌에서 우로 십자 형태를 그리며 빛을 뿌렸다.

"기사들의 왕! 나는 기사들의 왕, 베르누크 아이젠이다."

쿠화하아앙!

대기가 울었다. 대지가 쩍쩍 갈라지며 깊은 골을 패며 갈라졌다. 말이고 사람이고 한꺼번에 쓸려 먼지처럼 흩어졌다. 압도적인 무력. 압도적인 힘. 그에 경기병과 기사들은 제대로 검조차 휘두르지 못했다.

총 기사단장인 산도르 경의 눈이 힘겹게 베르누크를 향했다. 저건 사람이 아니었다.

'이, 인간이 아니야.'

그랬다. 지금 이 전장에서 베르누크는 인간이 아니었다. 악마의 왕. 그는 악마의 왕이었다. 그의 할버드가 한번 움직일 때마다 서너 명의 기사들이 죽어 나갔다.

척!

산도르 경은 자신의 목을 겨누고 있는 할버드의 끝을 바라보았다. 순간 멍한 표정을 지을 수밖에 없었다. 그냥 한 번 보았을 뿐이었다. 그런데 어느새 그 많은 인의 장막을 거두고 자신의 목을 겨누고 있었다.

"항복하겠나?"

끄덕!

"항복한다 해서 기사단장으로서의 대우는 없다. 실력으로 단장이 되어야 할 것이다. 장원 역시 없다. 스스로 구해야 할 것이다. 주어진 특전은 아무것도 없다. 그래도 항복하겠나?"

끄덕!

'쓰벌. 창끝을 목에 겨누고 있는데 그럼 죽겠다고 하리?'

끄덕일 수밖에 없었다. 이건 협박이었다. 끄덕이지 않으면 죽는다는 협박 말이다. 아무리 특전이 없다 해도 개똥밭에 굴러도 이승이 낫다고 하지 않던가?

그것으로 살아남은 경기병과 기사들은 무기를 버렸다. 무릎을 꿇고 손을 깍지 껴서 머리 뒤로 돌렸다. 그러한 그들을 병사들이 다가와서 창으로 겨누고 손을 허리 뒤로 해 묶었고 무기를 수거했다.

기사들과 병사들은 아무런 말도 하지 않았다. 그들은 패자였고, 저들은 승자였다. 승자는 승자만의 권리를 누려야만 했다. 기사들과 병사들의 눈이 죽어가는 동료들을 보았다. 무덤덤했다.

그러한 그들을 바라본 베르누크는 할버드를 옆에 비켜들고 말을 몰아 적의 우두머리가 있는 곳으로 내달렸다. 이제 전투를 끝내자. 최소한의 희생으로 최대의 효과를 누려야 할 때이다.

베르누크는 뒤를 돌아보았다. 자신의 뒤를 믿음직한 기사들이 따르고 있었다. 또한 그들의 앞을 가로막을 만한 이는 아무도 없었다. 이미 그들의 수장인 기사단장이 베르누크의 할버드 아래 항복을 했음에 일러 무엇하겠는가?

"준비되었는가?"

"추웅!"

"좋다. 하면 전투를 마무리 짓는다. 전원 돌겨억!"

"추우웅!"

"우와아~!"

가장 선두에 베르누크가 할버드를 들고 돌격했고, 그 뒤로 기사들이 따랐다. 그 뒤로 병사들이 뛰었다. 그들을 막을 것은 아무것도 없었다.

그에 컴블 남작 영지군은 우왕좌왕하고 있었다. 영지 정예군과 갈라져 있던 징집병들은 이미 병기를 놓고 구경을 하고 있었다. 그것은 바로 카림이 이 전투에 앞서 투입한 용병들에 의해서 나타난 현상이었다.

"그래도 나이트 킹이라고 불리는 분이시잖아."

"그분하고 같이 전투를 치러봤어? 안 해봤으면 말을 하지 말아."

"그분만 한 귀족이 대체 어디 있다고 그래? 아닌 말로, 용병들을 위해서 땅을 주고 집을 짓는 사람이 어디 있나고. 그리고 말일세. 결정적으로 그분의 영지에는 노예가 없어."

용병들은 적극적으로 나섰다. 물론 컴블 남작군의 눈을 피해서 말이다. 어차피 그들은 용병들이나 징집병에게는 그리 크게 신경 쓰지 않았다. 그저 시간 끌기용이거나 혹은 화살받이 용이 그들이었으니까.

그리고 지금 전장에서 징집병들과 용병들은 보았다. 그 압도적인 무력을 보았다. 정예화된 병력을 보았다. 주군에게 충성하는 기사들을 보았다. 그 모두가 하나된 아이젠 자작의 영지군을 보았다.

그들은 느낄 수 있었다. 그것은 진정한 마음에서 우러나오는 행동이라는 것을 말이다. 대지를 울리는 기사들의 말발굽 소리에 그것을 느낄 수 있었고, 동료를 위해 기꺼이 한 팔을 보태는 병사들을 보며 느꼈다.

"나도…… 저렇게 되고 싶다."

툭! 투둑!

누군가가의 한마디에 여기저기서 병장기를 버리는 이들이 하나둘 늘었다. 그리고는 아예 그 자리에 털썩 주저앉아 전투를 지켜보는 이들까지 생겨나기 시작했다.

"우와~ 저게 가능한 거냐?"

"으잉? 아~ 저분이 바로 투마왕이라고 불리는 제이 브레이커 기사님이시지. 사적으로는 아이젠 자작님과 의형제가 되시는 분이시고 말이지."

"오~ 그런데 어떻게 그렇게 잘 아냐?"

"말했잖아. 저번 농민의 난 때 같이 아이젠 자작님의 지휘를 받았다고."

그에 감탄을 내뱉는 징집병이었다. 하지만 이내 의문의 표정으로 물었다.

"허~ 대단히 치열했다고 하던데 용케 살아 있네?"

"알지? 강한 자 밑에 있어야 살아남을 확률이 높다고. 그리고 말일세. 그때 참전했던 5천 명의 용병 중 4천 5백 명이 살아남았다네. 이 정도면 뭐 말 다한 것 아니겠는가?"

용병이 자랑처럼 늘어놓는 말에 연방 고개를 끄덕이는 징집병이었다. 기실 징집병은 이런 전쟁에 관심이 없었다. 그냥 농사나 지으며, 평화롭게 살고 싶었다. 하지만 영주는 그것을 원치 않았다.

"이기겠지?"

"말이라고!"

불안한 듯 물어보는 징집병의 말에 용병은 가슴을 탕탕 치며 당연하다는 듯이 대답했다. 그에 작게 한숨 쉬며 고양이 쥐 잡듯이 김블 님직의 영지군을 몰아붙이고 있는 아이젠 자작 영지군의 전투를 바라보았다.

그 징집병의 시선이 향하는 곳에는 베르누크가 있었다. 그의 시퍼런 오러 블레이드가 사방을 휩쓸고 있었다. 아무도 그의 곁에 다가가지 못했다.

"나 기사들의 왕. 베르누크 아이젠이 왔다! 컴블 남작은 어디 있는가?"

커다란 외침에 산천초목이 울었다. 병장기 부딪히는 소리와 말울음 소리, 사람들의 고함 소리와 죽어가는 자들의 비명

소리가 시끄럽게 어우러진 전장이건만 베르누크의 외침은 전
장의 끝까지 전달되었다.

"흐어어억!"

그 소리에 당사자인 컴블 남작은 거친 숨을 들이켰다. 소리
가, 베르누크의 외침이 자신을 향해 일직선으로 달려옴을 느
꼈다. 온몸의 솜털이 곤두서고, 심장이 거칠게 벌떡였다.

그의 동공에는 자신을 향해 일직선으로 가르며 거침없이
질주해 오는 한 명의 악마가 비쳤다.

컴블 남작의 손이 잘게 떨렸다. 무서웠다. 자신에게 전해
져 오는 전장의 공포가 점점 뇌리를 잠식하는 듯했다.

"이, 이, 이그, 아아아악!"

결국 잠식해 오는 전장의 공포를 이겨내지 못하고, 컴블 남
작은 가로막는 모든 것을 부수고 자신에게로 질주해 오는 베
르누크를 향해 미친 듯이 달려나갔다.

왼손으로 말고삐를 말아 쥐고, 오른손으로 검을 들어 전면
을 향했다. 다리에는 힘을 더욱 죄어 말의 속도에 박차를 가
했고, 그 힘을 주체하지 못해 등자를 딛고 일어서서 고함을
지르며 베르누크를 향해 쇄도해 갔다.

그의 검에는 예의 오러 포스가 미약하게, 푸르게 형성되어
있었다. 그것만으로도 자신감이 충만해질 법도 했다. 하지만
상대는 오러 블레이드를 다루는 마스터.

베르누크의 할버드가 쭈욱 앞으로 뻗어 나갔다. 베르누크의 할버드의 포인트(창끝)와 컴블 남작의 검의 포인트(검끝)가 부딪혔다.

쭈우촤하아아앙!

컴블 남작의 눈이 부릅떠졌다. 무기의 끝이 부딪혔건만, 그러하기에 빗겨가야 옳건만 그러한 일은 일어나지 않았다.

대신 다른 일이 일었다. 컴블 남작의 검 포인트가 둘로 갈라졌다.

마치 천이 찢어지는 듯한 소리가 들리며 완전한 중심을 가르며 베르누크의 할버드가 일직선으로 컴블 남작을 향해 쇄도했다. 컴블 남작은 그 시간이 정말 지루하게 느껴졌다.

'뭐지? 왜 이렇게 오래 오는 거지? 그런데 난 왜 손을 뗄 수가 없지?'

컴블 남작이 그러한 생각을 하는 동안 할버드의 포인트는 검의 가드(검의 날 밑)를 지나고, 그립(손잡이)를 지나고, 폼멜(칼자루의 끝)을 지나고 있었다.

검붉은 피가 튀었다. 그런 모습이 비현실적으로 느리게 다가오고 있었다.

'아… 름답다.'

그것이 아마 컴블 남작이 이 세상에서 느낀 마지막 감상이었을 것이다. 아름답게 퍼져 나가던 검붉은 핏방울이 점점 더 확산되더니 이내 컴블 남작의 세상을 뒤집었다.

푸화아악!

투욱!

눈을 부릅뜬 컴블 남작의 목. 몸체를 잃은 컴블 남작의 목이 대지 위로 떨어져 내렸다. 베르누크는 그러한 컴블 남작의 목을 찍어 하늘 높이 들어 올리며 외쳤다.

"컴블 남작의 목이 여기 있다. 항복하라! 항복하면 살 것이다!"

전장에 울려 퍼지는 베르누크의 목소리에 적아를 구분하고 그곳으로 시선이 쏠렸다. 높이 처든 베르누크의 할버드. 할버드의 창끝에 놀란 눈을 하고, 입을 벌린 컴블 남작의 목이 꽂혀 있었다.

투훅!

한 명의 병사가 검과 방패를 놓았다.

털썩!

또 한 명의 병사가 피 묻은 검을 놓고 그 자리에 털썩 주저앉았다.

철컥!

한 명의 기사가 검을 돌려 납검했다.

그것으로 치열한 전투가 막을 내렸다.

"우와아아~ 이겼다!"

“이겼다! 이겼어!”

병사들은 서로 얼싸안고 기뻐했다. 살아남아서 기뻤고, 전투에 승리해서 기뻐했다. 반면에 컴블 남작의 영지군과 징집병들은 그저 전장에 털푸덕 주저앉아 멍한 눈빛으로 아이젠 영지군을 바라보았다.

기사들 역시 병사들과 다르지 않았다. 그들은 멍한 눈동자로 그저 허공을 바라보고 있었다. 필승이라고 생각했으나, 필패였다.

자신들은 너무도 모르고 있었다. 베르누크 아이젠이 왜 기사왕이라 불리는지, 그를 따르는 기사들이 왜 블러디 나이츠라 불리는지 말이다.

그들만이 아니다. 그들을 따르는 병사들 역시 용맹스럽기 그지없었다.

“애초에 이 전투는 우리가 질 수밖에 없었구나.”

한 명의 노기사가 탄식을 하듯이 내뱉었다.

“기, 깁슨 경!”

그의 곁을 지키고 있던 한 명의 기사가 놀라 그를 불렀다. 깁슨 경의 고개가 그 기사에게로 향했다. 50대 초반 정도 되어 보이는 깁슨 경은 컴블 남작가의 전대 가주 대부터 있었던 기사였다.

기사단장은 아닐지라도 신입 기사이든 혹은 숙련 기사이

든 그를 존경하지 않는 자가 없었다. 또한 이 전투를 말렸던 유일한 기사가 바로 제스로 깁슨 경이었다.

"저들에 대한 소문은 부풀려진 것이 아니라, 소문이 그들을 제대로 평가하지 못하고 있었구나. 어찌 베르누크 아이젠 남작이 악마들의 왕인가? 그는 자신의 기사와 병사들을 아끼는 기사들의 왕이지 않은가? 또한 그를 따르는 기사들이 어찌 블러디 나이츠이던가? 그들은 피 흘리기보다는 병사들을 앞서 이끄는 글로리어스 나이츠가 아니던가? 경이 보기에는 어떠하던가? 그들이 피에 절은 기사들로 보이던가?"

깁슨 경의 물음에 말을 잇지 못하는 기사였다. 그 역시 다르지 않았다. 그들을 대함에 있어 기사로서 피가 끓어오르지 않았던가 말이다. 하니, 어찌 깁슨 경의 말에 반론을 펼칠 것인가?

그러한 그들의 앞에 그림자가 드리워졌다. 베르누크였다.

"컴블 남작가에 이렇다 할 기사가 없다 하더니 그대가 있었구려."

베르누크는 깁슨 경을 한 눈에 알아보았다. 기사단장이 항복을 하고, 영주가 죽었으나 기사들은 흩어지지 않았다. 한 사람을 중심으로 기사들이 뭉쳐 있었기 때문이었다.

그 중심에 있는 자가 바로 깁슨 경이었다. 베르누크는 마상에서 깁슨 경을 내려다보았다.

"고개 아프니 내려오시오."

깁슨 경이 베르누크에게 한 첫 한 마디였다. 다른 이들이라면 베르누크의 무력은 둘째치더라도 그 거대한 체구에 질릴 만도 하건만 산전수전 다 겪었다는 듯이 오히려 농처럼 말을 걸었다.

베르누크는 피식 웃으며 할버드를 말안장에 두고 내려섰다. 하지만 여전히 거대한 베르누크였다. 그러한 베르누크를 보며 살짝 놀라는 깁슨 경이었다.

"어떻소."

"뭐가 말이오."

"직접 본 소감이 말이오."

"멋지더구려."

깉도는 듯한 둘의 대화. 히지만 베르누크ㅏ 깁슨 경이나 모두 입에는 알 듯 모를 듯 잔잔한 미소가 걸려 있었다.

"같이하지 않겠소?"

"그래도 2대를 이어 기사로서 충성을 한 늙은이요."

"너무 고루하면 제국처럼 됩니다. 경을 위해서가 아니라 경을 믿는 기사들과 병사들을 위해서 말이오."

그에 깁슨 경은 자신의 뒤를 바라보았다. 자신을 쫓고 있는 수많은 눈동자. 그들과 일일이 눈을 마주친 깁슨 경이었다. 이제는 숫제 돌아서서 그들을 휘둘러보는 깁슨 경이었다.

"같이 한다면 작센 성을 맡길까 하오."

"나를 믿는 것이오?"

"경을 믿는 것이 아니라 경을 바라보는 저들을 믿는 것이오."

새삼스럽다는 듯이 베르누크를 바라보는 깁슨 경이었다. 지금껏 보아왔던 여느 귀족들과 다른 자였다.

'하긴 그러하기에 난세의 중심에 서는 것이겠지. 그것도 가장 척박한 북부에서 말이지.'

생각을 마친 깁슨 경은 자신의 검을 베르누크에게 주며 무릎을 꿇었다. 그에 베르누크는 깁슨 경의 검을 받아 두 손으로 폼멜을 잡아 곧추세웠다. 깁슨 경의 묵직한 음성이 흘러나왔다.

"저는 검을 갖지 않겠습니다. 그러므로 평생의 충성을 맹세합니다. 만약 저의 충성을 의심한다면 그 검으로 저의 생명을 빼앗으십시오. 저의 생명으로 충성을 증명하겠습니다."

그에 베르누크는 깁슨 경의 검으로 좌측 어깨와 우측 어깨, 그리고 정수리에 한 번씩 대며, 외쳤다.

"적 앞에서 두려하지 말라.

용감하고 곧게 서라. 신은 그대를 사랑할 것이다.

항상 진실만을 말하라. 그것이 죽음으로 이끌지라도.

약자를 보호하고, 그릇된 일을 하지 말라.
그것이 너의 맹세이다.
그리하여 그대는 나의 기사이다."

제스로 깁슨 경이 베르누크의 기사가 되었다. 이에 그를 따르고 믿던 기사들이 일제히 베르누크에게 주군으로서의 예를 올렸다. 그만큼 제스로 깁슨 경이 그들로부터 신망이 두텁다는 것을 의미할 것이다.

"그럼 힘들지라도 전장 정리를 부탁하겠소. 지금은 조금 상황이 안 좋아서 말이오."

바로 알아들을 수 있었다. 대략적으로 북부가 돌아가는 사정을 알고 있는 깁슨 경이니 지금 베르누크가 하는 말이 무엇을 의미하는지 알 수 있었나. 바로 북부를 손아귀에 넣기 위한 영지전을 빙자한 전쟁을 말함일 것이다.

"여기는 걱정하지 마시고 어서 가보시지요."

"고맙소."

그 말을 남기고 베르누크는 말에 훌쩍 올라탔다. 이미 베르누크를 따르는 중군은 다시 출정 준비를 완료하고 있었다. 중상자는 뒤로 남겼고, 경상자는 그대로 합류시켰다.

"출발!"

"출발한다!"

또 다시 행군이 시작되었다. 불평불만을 내뱉는 이들은 없었다. 한 번의 전투에 휴식을 원하는 이들 역시 없었다. 지금 자신들은 자신들의 고향을 지키기 위해 가고 있음을 알기 때문이었다.

*　　*　　*

"어찌했으면 좋겠나?"

이곳은 라바트 방면 공격을 주도하고 있는 죠르지오 아르마니 백작의 지휘관 막사였다. 죠르지오 아르마니 백작의 옆에는 이번 영지전을 계획하고 실행한 군사장 케세나인 몰도바인 자작이 앉아 있었다.

그리고 죠르지오 아르마니 백작을 지지하는 귀족 다섯 명과 기사들이 지휘부 막사를 채우고 있었다. 그들의 얼굴은 침중했다. 방금 받은 서신 때문이었다.

바로 작센 지역을 담당하고, 회군하는 베르누크 아이젠 자작 및 그와 동조하는 군사들을 막아내기 위해 남겨졌던 작센성의 성주 스티븐 컴블 남작이 클로나 평원에서 전사했다는 소식이었다.

그 서신에는 그들의 대략적인 군세까지 적혀 있었다. 생각 이상으로 대단한 군세인지라 아르마니 백작과 몰도바인 자작은 일시에 말을 잃었다. 먼저 정신을 차린 것은 바로 몰도바인 자작이었다.

"우선은 흩어진 군세를 다시 불러들여야 합니다."

"……."

몰도바인 자작의 말에 고개를 끄덕이면서도 아무런 말도 하지 않는 아르마니 백작이었다. 몰도바인 자작의 말이 맞다. 모두 13만 5천.

"나머지 모자란 병력은 서둘러서 징집할 수밖에 없습니다."

"시간이… 모자라지 않겠는가?"

아르마니 백작은 침중한 얼굴로 몰도바인 자작에게 물었다.

"완벽하게 갖추기는 어려우나 대략적으로는 가능할 것입니다. 저들이 이곳에 도착하려 한다면 적어도 보름 정도의 시간이 걸릴 것이니 말입니다."

"보름이라……."

또다시 정적이 흐르는 지휘관 막사. 누구 하나 입을 여는 자가 없었다. 그때 몰도바인 자작처럼 아르마니 백작에게 몸을 의탁하고 있던 칼리고 남작이 입을 열었다.

"좌군과 우군이 이곳에 도착한다면 대략 4일 정도 걸립니다. 지세가 험하니 어쩔 수 없을 것입니다. 적들 역시 그것은 마찬가지입니다. 같은 조건이라면 미리 진을 치고 있는 우리가 더 유리하다 할 수 있습니다.”

칼리고 남작의 말에 아르마니 백작과 지휘부에 있는 귀족들과 기사들의 눈이 그에게로 향했다.

모든 작전을 주관했던 몰도바인 자작의 이마에 깊은 내천자가 그려지는 것을 그들은 보고서도 모른 척했다.

“계속해 보게.”

“저들도 전략을 아는 자라면 우리가 뭉치는데 그저 바라만 보지는 않을 것입니다. 그들도 뭉치겠지요. 하지만 그들은 더 먼 거리를 이동해야 합니다. 피로가 가중된다는 말입니다.”

“서론은 그만하고 본론만.”

몰도바인 자작이 칼리고 남작의 말을 끊으며 재촉했다. 그에 칼리고 남작이 아르마니 백작을 바라보았으나, 별다른 말 없이 계속하라는 손짓만이 돌아왔다.

‘이런! 이 상황에 나를 견제하는 것인가? 허어~’

칼리고 남작은 살풋 인상을 찡그렸지만, 자신의 할 말을 계속 이었다. 자신이 의견을 내고, 그것을 받아들이느냐 혹은 마느냐는 순전히 아르마니 백작의 선택이니까 말이다.

“아시다시피 북부 중에서도 이곳의 지형은 상당히 험한 지역입니다. 해서 저들에게 피해와 피로를 가중시키기 위해서 이곳과 이곳, 그리고 이곳 세 장소에 매복을 실시해야 합니다. 단발성이 아닌 일정 간격을 두고 계속적으로 매복을 실시함으로써 적들의 피해를 가중시키고 아군에게는 시간을 더 벌어줄 수 있을 것입니다."

"음… 좋군. 어떠한가?"

칼리고 남작의 설명을 들은 아르마니 백작은 몰도바인 자작에게로 시선을 돌려 의견을 구했다. 이미 어느 정도 생각을 굳히고 묻는 것일 게다. 하지만 문제는 작전을 제시한 칼리고 남작을 보는 것이 아닌 몰도바인 자작을 보고 있다는 것이었다.

"충분히 가능성이 있습니다. 조금만 더 다듬으면 될 성싶습니다."

"작전을 입안해 보도록 하게."

"주군의 뜻내로."

모두 자리에서 일어났다. 그에 칼리고 남작 역시 일어서 지휘관 막사를 나왔다. 칼리고 남작은 자신의 처신에 불현듯 한숨이 흘러나왔다. 너무 경솔했다는 느낌이었다.

"남작은 나 좀 보고 가게."

칼리고 남작을 불러세운 것은 몰도바인 자작이었다. 무표정한 얼굴이 과히 자신을 좋아서 부른 것은 아닌 듯싶었다. 칼리고 남작은 아차 싶었지만 어쩔 수 없는 상황이기에 몰도바인 자작을 따라 그의 막사로 들어섰다.

"앉게."

"그럼."

혼자 우두커니 야전 탁자에 앉았다. 그러한 그를 버려두고 몰도바인 자작은 손수 차를 가져와 따라주며 맞은편에 앉았다.

"먼저 귀띔이라도 해주었으면 좋았을 것을……."

"죄송합니다. 제 생각이 짧았습니다."

"아니, 아니. 그 말을 듣자고 한 말은 아니네. 같은 군사부인데 누가 말하면 어떻던가. 다만, 군사부를 책임지고 있는 본 작의 입장으로서 자네의 생각을 몰랐다는 것이 조금 걸려서 말이네."

"주의하겠습니다."

"그래."

그러면서 차를 한 모금 마시는 몰도바인 자작. 입은 웃고 있었으나, 눈은 먹이를 노리는 매마냥 날카롭기 그지없었다. 그에 자신의 경솔함을 속으로 강하게 질책하는 칼리고 남작이었다.

"그리고 말이지……."

"하명하십시오."

칼리고 남작이 극히 몸을 낮추었다. 뱀의 눈에 찰나의 순간 미소가 머물렀다 사라졌다.

"매복조의 편성은 어찌했으면 좋겠나?"

"5백 단위로 좌우로 포진하되, 피해를 줄 생각 하지 말고, 적이 대응하기 시작하면 신속하게 이탈하여 다음 매복조와 합류해야 합니다."

"요컨대 신속함으로 적의 정신을 빼고, 피해를 강요하는 방법인가?"

"병력이 피로해지면 자연 행군도 늦어질 뿐 아니라 사기에도 많은 영향을 끼치기 때문입니다."

"옳거니! 좋군. 좋아."

칼리고 남작의 말에 무릎까지 치면서 연신 고개를 끄덕이는 몰도바인 자작이었다. 그렇게 칼리고 남작은 한참을 몰도바인 자작과 이야기를 계속했다.

"확실히 좋은 방법이로군. 매복세는 그리하도록 하고, 잠시간 심신을 추스르도록 하게. 정신력을 많이 쏟아부으면 몸이 피곤하게 마련이니 말일세."

"아니, 그건……. 아! 알겠습니다."

칼리고 남작은 무언가 말을 하려다 이내 체념해 버렸다. 확실히 알 것 같았기 때문이었다. 지금 자신의 앞에 있는 자는 자신의 작전을 가로채 스스로의 공으로 돌릴 작정인 것이었다.

그에 화가 났지만 참아야만 했다. 자신의 영지와 바로 옆에 붙어 있는 몰도바인 자작의 심기를 거스르면 오히려 그 해가 더 커질 수 있었기 때문이었다. 아무리 신출귀몰한 귀계를 가진 자신이라 해도 적수공권으로 몰도바인 자작을 이겨낼 수는 없었다.

"그래. 그렇지. 가서 쉬도록 하게."

"그럼."

얻어낼 것은 다 얻어낸 몰도바인 자작은 손을 휘휘 저어 나가보라는 행동을 했다. 그에 굴욕감을 느낀 칼리고 남작이었으나, 꾹 참고 자리를 떠났다.

몰도바인 자작의 막사를 나온 칼리고 남작은 자신의 막사로 정처없이 걸어갔다. 여기저기서 기사들과 병사들의 고함 소리와 병기 부딪히는 소리가 들려왔다. 그런데 그 소리가 뭐에라도 막힌 듯 아주 멀게만 느껴졌다.

막사의 문을 열고 들어갔다.

"오셨습니까. 형님."

"아. 그래."

어두운 얼굴색으로 듣는 둥 마는 둥 하는 칼리고 남작의 행동에 인사를 건네던 사내의 행동이 조심스러워졌다.

"일이 잘못되었습니까?"

"으음. 오히려 풀을 건드려 뱀을 놀라게 했구나."

"어찌 그런……. 하면 앞으로 어찌해야 할지……."

칼리고 남작이 잠시 당황해하는 사내를 바라보았다.

"단단히 준비하거라. 살 길을 찾아야겠구나."

"알겠습니다."

칼리고 남작은 이미 예상할 수 있었다. 자신과 자신을 따라 온 가문의 기사와 병사들이 이번 작전의 최선봉에 설 것임을 말이다. 보통이었다면 당연히 가문을 부흥시킬 수 있는 절호의 기회라 할 수 있겠으나, 몰도바인 남작의 견제를 보건대 절대 쉽지 않은 작전이 되리라는 것을 알 수 있었다. 그에 잔뜩 인상을 찌푸릴 수밖에 없는 상황이 되어버린 것이었다.

아이젠 자작을 택하기보다는 아르마니 백작을 택했다. 세가 약하다 생각했기 때문이기도 하고, 욕심이 많으니 자신이 처신만 잘한다면 충분히 가문을 일으킬 수 있으리라 생각을 했나.

하지만 그것은 자신만의 생각이었다. 그들의 욕심은 칼리고 남작이 생각했던 것 이상으로 컸다. 능력은 안 되는데 욕심은 많은 스타일로 난세가 아니라면 그저 평범한 귀족으로 남았을 그런 자였을 뿐이었다.

"어찌해야 합니까?"

"생각해 보자꾸나. 아마도 이번 작전에 우리가 선봉에 설 듯싶구나."

"하면 좋은 것이 아니겠습니까?"

그렇게 물어오는 자신의 동생을 보며, 칼리고 남작은 담담하게 설명을 해주었다.

"애초에 그들이 우리 가문을 혹은 너와 나를 품을 만한 그릇이 아니었던 모양이다. 나의 작은 실수가 이리도 크게 다가오는구나."

칼리고 남작의 말에 안색을 굳히는 동생이었다. 가문을 일으켜야 하는 입장. 그것이 쉽지가 않아 보였다.

그러한 그들의 예상을 증명이라도 하듯이 칼리고 남작은 남쪽에서 북으로 치고 올라오는 베르누크의 영지군의 걸음을 늦추기 위한 매복군의 지휘를 담당하게 되었다.

매복군의 총사령도 아닌 일개 매복조의 조장으로, 애초에 제안했던 5백 명의 매복조가 아닌 겨우 2백 명으로 이루어진 매복조의 조장으로, 가장 먼저 베르누크의 영지군과 맞붙게 되었다.

＊　　　＊　　　＊

"누가 왔다고?"

"율리우스 칼리고 남작입니다."

대답에 고개를 갸웃하는 베르누크였다. 모르는 귀족이었다. 자신을 찾아온 것을 보면 북부의 귀족임에 틀림없었다.

동부나 남부 혹은 서부의 귀족일 리는 없었기 때문이었다.

동부와 서부는 새롭게 체제를 정비하고 야망을 위해 준비를 하느라 북부를 생각할 겨를이 없었고, 서부는 이미 바이큰 족에게 점령당해서 봉쇄당한 입장이었다.

그러니 2백의 병사와 15명의 기사를 대동하고, 가족도 없이 자신을 찾아올 귀족은 바로 북부의 귀족밖에 없었다. 하지만, 전혀 들어보지 못한 귀족이었다. 그에 카림이 조용히 설명을 해주었다.

"케세나인 몰도바인 자작의 바로 옆에 붙어 있는 독립 영지를 다스리는 귀족입니다. 아르마니 백작이 북부 귀족 협회의 일원이기도 하지만, 그들과 이상과 뜻이 맞지 않아 그들에게 배척받고 있는 실정입니다."

"호오~ 그렇다는 말이지?"

카림의 설명에 호기심을 느낀 베르누크였다. 그럴 수밖에 없는 것이, 사방으로 둘러싸인 북부 귀족 협회의 귀족들 사이에서 스스로의 자존감을 키워 나가기는 쉽지 않았기 때문이었다.

"어떻게 보면 과거 아이젠 남작가와 비슷한 처지입니다. 인구는 2만 정도이고, 현 영주인 율리우스 칼리고 남작이 작위를 계승한 후, 병사 2백에 기사 15명의 전력이 증강되었고, 황폐했던 영지가 서서히 안정을 되찾고 있으니 말입니다."

“만나보지.”

“알겠습니다.”

카림의 말에 더욱 호기심이 생기는 베르누크였다. 과거 자신의 영지와 비슷한 실정. 하지만 지금 자신은 비록 자작이나 북부를 영도하는 세력으로 성장하였고, 그는 일신의 몸을 의탁하기 위해 자신을 찾아온 것이리라.

그러한 생각을 하던 중 막사의 문을 열고 카림과 한 명의 귀족이 들어섰다. 아마도 율리우스 칼리고 남작일 것이다. 그를 바라보던 베르누크의 입이 열렸다.

“앉으시오.”

“고맙습니다.”

베르누크의 말에 고개를 끄덕이며 스스럼없이 자리에 앉는 칼리고 남작이었다. 두려움보단 평온한 얼굴에 가까웠다. 그러한 그의 태도에 베르누크는 짐짓 감탄하였다.

카림이 가타부타 설명을 하지 않았지만, 지금 영지전 중인 북부 귀족 연합의 일원이 자신을 찾아왔다는 것은 그쪽을 배신했다는 것을 의미한다. 아직은 여기가 적진이라는 것이다. 그러함에도 불구하고 담담한 행동과 표정이 마음에 들었다.

“진중이라 차는 대접하지 못할 것 같소.”

“이해합니다. 또한 차를 마시고자 오지는 않았습니다.”

“그래요? 그러면 본 작을 찾아온 영문을 묻고자 합니다.”

상대가 직설적으로 나오니 베르누크 역시 직설적으로 대화에 임했다. 여느 귀족들과 다른 화법이기는 하지만, 지금에 있어서 둘 사이에는 가장 적절한 화법이라 할 것이다.

"저를 받아주실 수 있습니까?"

역시 직설적이다. 이렇다 저렇다 변명도 없이 바로 다가오는 말이었다. 그에 이미 짐작한 바가 있던 베르누크가 입을 열었다.

"연유를 물어도 되겠소?"

"그는 저를 담을 만한 그릇이 못 됩니다."

어찌 보면 상당히 광오한 말 같기도 했다. 스스로를 너무 높이는 것 같기도 하고 말이다. 스스로가 스스로의 얼굴에 금 칠하는 격이니 당연한 감상이었다.

"그라면 조르지오 아르마니 백작 밑이오?"

"그러합니다."

"자신이 그럴 만한 가치가 있다고 생각하오?"

"있습니다."

"하면, 들어보겠소."

마치 선문답 같은 말이 서로 오갔다. 범인으로서는 이해하지 못할 그러한 질문과 대답이었으나, 베르누크의 옆에 서 있던 카림은 고개를 끄덕이고 있었다. 이미 둘 다 충분히 서로에 대한 어떠한 사항을 생략해도 될 만한 인물들이었기 때문이다.

"이곳을 비롯하여 총 세 방향에 매복계 작전이 실행되고 있습니다."

"충분히 예상했던 일이오."

"단발적인 매복계가 아닌 계속 눈덩이처럼 불어난 매복계와 함께 주변 영지를 규합하여 군세를 불리는 작전까지 함께입니다."

"그건 예상치 못한 일이로군."

베르누크는 솔직하게 말을 받았다. 매복이 있을 줄은 알았다. 비단 이곳뿐만 아니라 다른 곳 역시 말이다. 아르마니 백작도 바보가 아니라면 작센 성에 대한 소식을 들었을 것이고, 상대의 전력이 생각 이상으로 강력하다는 것을 알았을 것이기 때문이다.

그렇다면 그들이 취할 수 있는 방도는 매복계를 펼쳐 적들의 행군을 늦춤과 동시에 피해를 강요하여 정작 본 전투에 이르러서는 그 힘을 낼 수 없을 정도로 사기를 떨어뜨리는 계책밖에 없었기 때문이었다.

한데 거기에 주변 영지를 공격하여 규합하고, 군세를 불리는 작전까지 병행한다는 것은 솔직히 생각하지 못하였다. 물론 카림이 그 말을 했으나, 현실적으로 상당히 어려운 일이라 제쳐 두고 있었다.

"그 말을 꺼낸 것은 매복계를 이겨내고, 군세를 불린 그들을 격파할 방법이 있다는 것으로 들리는데, 내 짐작이 틀렸소?"

그에 의미심장하게 웃는 칼리고 남작이었다. 말이 통했기 때문이었다. 말이 통한다는 것은 지금 자신을 대하는 아이젠 남작은 적으로서 자신을 대하는 것이 아니라 한 사람의 전략가로서 자신을 대한다는 것을 의미했다.

"매복계에 대한 것은 이미 준비가 되셨을 것이니 별달리 드릴 말씀이 없습니다. 다만, 도움을 드린다면 그 지점 정도입니다."

"그 정도면 큰 도움이지."

"그렇게 여겨주신다면 고마울 따름입니다."

이제는 완연하게 농담까지 할 줄 알았나. 베르누크는 보면 볼수록 이 사내가 재미있었다. 마음이 맞아서일까? 그래서인지 자신조차 그에 대해 남아 있는 약간의 찜찜함마저 사라지고 있었다.

"남은 것은 군세를 늘리는 것을 방해할 작전만 남았군. 생각은?"

"정보를 누락시키거나, 혹은 정보를 오염시키면 됩니다."

"어떻게?"

"여기 살아 있는 간자가 있지 않습니까?"

그에 바로 자신을 가리키는 칼리고 남작이었다. 배신을 했음에도 불구하고 스스로 다시 적이 되어버린 곳으로 들어가겠다고 하는 것이다.

"굳이 그럴 필요가?"

"가장 확실한 방법입니다. 또한, 저의 가치를 입증할 수 있는 방법이기도 합니다."

칼리고 남작의 결심은 확고해 보였다. 그에 고개를 끄덕이는 베르누크였다. 그때 카림이 넌지시 베르누크에게 권했다.

"타당합니다. 다소 위험성은 있지만 가장 확실한 방법입니다. 또한, 그에게 있어서 스스로를 증명해 보일 수 있는 가장 확실한 방법이기도 하고 말입니다."

"그렇군."

베르누크는 어렵지 않게 인정했다. 칼리고 남작은 알고 있었다. 한 번 배신한 자는 반드시 두 번 배신하게 되어 있다는 것을 말이다. 그것은 자신에게도 통용되는 말일 것이다.

그러한 관념과 의심을 불식시키기 위해서는 자신이 스스로 섶을 지고 불 속으로 뛰어들 수밖에 없었다. 실로 대단한 모험이고, 담대한 마음이 없으면 할 수 없는 방법일 것이다.

"어떻게 해주면 되겠나?"

어느새 베르누크의 말투가 변해 있었다. 그것은 그의 심중이 변했다는 증거일 것이다. 그것을 읽어낸 칼리고 남작은 고개를 끄덕이며 베르누크의 물음에 답을 했다.

"일단, 모두에게 칼리고 남작이 알려준 지점을 통보해야 합니다. 그리고 먼저 선수를 치고 들어가면서, 소문과 아군의 병력을 그들에게 침투시키는 것이 옳을 듯싶습니다."

마치 기다렸다는 듯이 카림이 칼리고 남작을 대신해 작전을 설명했다. 이미 칼리고 남작이 모든 것을 털어놓은 그 순간부터 카림의 머리는 명석하게 돌아가고 있었던 것이다.

"침투할 인원은?"

"칼리고 남작의 기사들의 3분의 2는 이곳에 남습니다. 칼리고 남작의 동생 역시 이곳에 남습니다. 그들은 죽어야 하니까 말입니다. 그리고 알려지지 않은 용병 출신 기사들을 패전한 매복조로 위장해 침투시킵니다."

"좋군."

카림의 설명에 베르누크와 칼리고 남작은 고개를 끄덕였다. 확실히 그보다 더 확실한 방법은 없었다.

"이곳을 제외한 두 곳의 매복조의 처리는?"

"전멸, 아니면 모두 생포해야 합니다. 특히 귀족들과 기사들은 절대적입니다."

"귀족들과 기사들은 생포 후 압송하도록 하고, 기사들을 위장해 침투시키도록. 그리고 생포한 병사들을 회유하는 방법도 생각해 봐야 하지 않을까?"

베르누크의 질문에 칼리고 남작과 카림이 동시에 고개를 주억거렸다. 그들은 반드시 회유해야 한다. 왜냐면 그들은 앞으로 베르누크의 행보에 가장 큰 영향을 미칠 자들이기 때문이었다.

"회유는… 제가 은밀히 소문을 내도록 하겠습니다."

적극적으로 나서는 칼리고 남작의 행동에 썩 미덥다는 듯이 베르누크가 고개를 주억거렸다.

"하면, 정리가 된 것 같군. 군사장은 마법 통신구를 통해 좌군과 우군에 이 상황을 모두 알려주고, 각자의 작전대로 움직이도록 지시를 내리도록. 칼리고 남작은 얼굴과 몸을 좀 꾸며야 할 것 같소."

"알겠습니다."

"주군의 뜻대로."

카림과 칼리고 남작이 자리에서 일어났다. 그들이 나가고 레너드가 들어왔다. 약간의 시간차가 있기는 하지만 막사의 밖에서 안의 대화 내용을 전혀 들을 수 없는 것은 아니었다. 또한 마스터에 오른 레너드가 들으려 한다면 못 들을 리도 없고 말이다.

레너드의 뒤를 이어 제이가 들어왔고, 바실리코프 경과 바티스타 경이 들어왔다. 그들이 회의 탁자에 착석하자 베르누크가 입을 열었다.

"조금 과도하게 움직여 줄 필요가 있을 것 같아."

베르누크의 말에 모두가 고개를 끄덕였다. 이럴 경우는 조금 더 과장되게 움직여 주는 것이 오히려 더 효과가 있다. 잘 짜여진 한 편의 인형 놀이를 보듯이 말이다.

"한데, 칼리고 남작이라는 자, 믿어도 되겠습니까?"

"왜? 자신 없는가?"

조심스럽게 물어보는 바티스타 경의 물음에 오히려 되물어보는 베르누크였다. 그에 당황스럽게 답을 하는 바티스타 경이었다.

"그, 그것이 아니라, 한 번 배신한 자는 두 번 배신을 합니다."

"글쎄. 나는 그렇게 보지 않네."

베르누크의 말에 모두의 눈이 쏠렸다. 확언하듯 말하는 베르누크였기 때문이었다.

"그는 아르마니 백작에게 충성 서약을 하지 않았어. 그저 강권에 못 이겨 그쪽에 가담한 것뿐이지. 그자는 여느 귀족과 다르게 굉장히 똑똑한 자야. 그러하기에 자신이 배신이 아니라는 것을 알고 있음에도 자신의 가치를 증명해 보이려 하는 것이야."

"노력은 가상합니다만……."

그럼에도 불구하고 의심의 눈초리를 감추지 않는 바티스

타 경이었다. 베르누크는 그의 심정을 알 수 있었다. 바티스타 경 역시 배신을 했다. 그는 농민군이었고, 무장이었다.

그래서 그는 머리에 지식이 든 자를 좀처럼 믿지 않았다.

"데이브!"

"예. 형님!"

그때 제이가 바티스타 경의 이름을 불렀다. 공식적인 자리에서 이름을 부르는 것은 결코 좋은 일이 아니다. 하나 제이에게는 그 구분이 모호하기도 했고, 하여 어느 자리든 바티스타 경이나 베르누크를 부르는 호칭은 변하지 않았다.

그 성격이 오히려 지금의 바티스타 경에게는 좋은 시도가 되었다.

"울 형님 말이다."

"예?"

"형님 말은 무조건 맞다. 치즈로 고기를 만든다 해도 맞다. 알았냐?"

눈에 잔뜩 힘을 주고 바티스타 경을 무섭게 노려보는 제이였다. 제이에게 베르누크의 말은 절대적이었다. 신보다 더 높은 존재가 바로 베르누크였다. 그런데, 그러한 절대적인 베르누크의 말에 바티스타 경이 자꾸 딴지를 걸고 나오니 한마디한 것이었다.

"제이. 그만 됐다."

베르누크가 말렸지만 잔뜩 힘이 들어간 눈을 푼 제이는 기어코 한마디 했다.

"머리는 지가 더 굴리고 있고만."

"아! 죄송합니다. 형님. 죄송합니다. 주군!"

그 시도는 성공했다. 바티스타 경은 급히 자신의 실수를 깨닫고 고개를 숙여 사과했다. 주군의 성정이 어떤지, 그가 어떤 사람이 제이는 알고 믿고 있지만, 자신은 믿지 못했다. 그것을 새삼 깨달은 것이다.

"제이. 많이 컸네."

"원래 내가 형님아보다 컸다."

레너드의 추임새에 어깨를 으쓱해 보이며, 말을 받는 제이였다. 그에 조용히 웃던 베르누크가 분위기를 전환시켰다.

"자자. 다들 준비들 해. 연기를 하려면 부신하게 움직여야 할 것이야."

"명!"

CHAPTER
07
북부의 통합

Knight King

"쉿! 지금 무슨 소리기 들리지 않았느냐?"

"예? 무슨 소리 말입니까요?"

북부 귀족 연합의 매복조 중의 한 곳. 매복계는 같은 장소에서 마주 보고 계획 된 것이 아니라 서로 엇갈리게 배치되어, 지속적인 피해와 피로를 강요하는 데에 중점을 두고 있었다.

때문에 다음 매복조와는 상당한 거리를 유지하고 있었다. 산악 지형을 길게는 하루 이상, 짧게는 반나절 이상 이동해야만 그들을 만날 수 있었다. 또한 매복을 하기 전 이미 주변의 몬스터를 소개하는 작업도 병행되었다.

북쪽 깊숙한 지형을 제외하고는 강한 몬스터가 존재하지 않아, 몬스터를 소개하는 작업도 상당히 수월하게 완료할 수 있었다. 모든 것이 작전대로 완벽하게 이루어진 상황이다.

이러한 상황에 주변에 약간의 불협화음이라도 들릴 리가 만무하다. 한데, 아직 적이 도착할 시간도 되지 않았음에도 불구하고 묘한 불협화음이 들려오는 듯하여, 두 번째 지역의 매복조를 책임지고 있는 미첼 경이 귀가 밝은 병사에게 물어본 것이었다.

"분명 무슨 소리를 들었는데……."

"비록 몬스터를 소개했다고는 하지만 이런 산중에는 필히 야생동물이 살기에 적합합지요. 아마 그 소리가 아닐는지요."

병사의 말에 고개를 끄덕이면서도 여전히 미심쩍은 얼굴을 하고 있는 미첼 경이었다. 귀가 밝다 하지만 익스퍼트 초급인 자신보다는 못하다. 그에 미첼 경은 기사 한 명과 병사 열 명을 불렀다.

"경이 주변 순찰을 좀 해줘야 할 것 같네."

"알겠습니다."

명령을 받은 기사는 역시 익스퍼트 초급의 기사인 모건 경이었다. 모건 경은 선발된 열 명의 병사를 이끌고, 매복지 주변을 순찰하기 시작했다. 매복조장인 미첼 경의 명령이 의심스럽지 않은 것은 아니지만, 어쨌든 그가 이 매복조의 조장이니 명에 따라야만 했다.

그러한 불만이 있어서인지 모건 경의 발걸음은 상당히 둔탁했다. 병사들이 있기에 그 불만을 내 보이지는 않았지만, 마치 나는 이러한 불만이 있으니 보아달라는 듯이 발걸음이 거칠었다.

그것은 병사들도 다르지 않은 모양이었다. 다른 병사들은 매복 진지에서 편하게 쉬고 있는데, 자신들은 험한 산을 둘러봐야 한다는 것이 마음에 들지 않았는지, 덩달아 발걸음이 거칠어졌다.

그러한 그들을 바라보는 눈동자가 조용히 그들을 따라 움직이고 있었다. 그 몸놀림이 어찌나 신속한지, 가파른 산악 지형임에도 불구하고 평지를 걷듯 걸었으며, 숨소리조차 들려오지 않았다.

"후욱! 여기서 잠시 쉬도록 하지."

"알겠습니다. 경계병을 세웁니까?"

"되었다."

"옝!"

귀찮다는 듯이 손을 저어버리는 모건 경의 대답에 그럴 줄 알았다는 듯이 고개를 숙이고 병사들에게 손짓을 하는 선임 병사였다. 그것을 물끄러미 바라본 모건 경은 헬름을 벗었다.

그리고 풀 플레이트 메일을 느슨하게 풀어 제치고, 건틀렛과 검을 벗어 바닥에 두었다. 짧게 한숨을 내쉰 모건 경은 머리를 재껴 거대한 나무둥치에 기대고는 눈을 감아버렸다.

노련한 병사들은 이미 모건 경이 이곳에서 잠시 쉬다 부대에 복귀할 것이라는 것을 눈치채고 있었다. 그에 병사들도 꽉 조여진 레더 메일을 벗고, 병장기와 방어구를 느슨하게 하여 바닥에 내려놓았다.

그 순간이었다.

푸슉!

"컥!"

거대한 나무둥치에 머리를 기대고 눈을 감았던 모건 경의 목에 화살이 날아와 틀어박혔다. 하지만 아무도 그것을 알지 못했다. 너무도 작은 소리이기도 하거니와 병사들이 그의 수면을 방해하지 않기 위해 살짝 떨어져 있었기 때문이었다.

그대로 절명한 모건 경의 옆으로 한 명의 사내가 모습을 드러냈다. 얼굴에는 검은색과 짙은 녹색이 가로로 칠해져 있었고, 몸의 여기저기에는 생생한 나뭇가지가 꽂혀 있어 움직이지 않는다면 발견조차 힘들어 보였다.

그러한 사내 옆으로 몇 명의 인물이 모습을 드러냈다. 이에 최초로 나타난 사내는 주먹을 쥐었다 펴며, 손가락을 머리 위로 펴 서너 바퀴 돌렸다. 고개를 끄덕인 나머지 인원들이 다시 사라졌다.

그들의 움직임이 어찌나 은밀한지 마치 원래의 숲처럼 느껴지고 있었다.

"나 원 참! 도대체 이게 뭐냐고."

"그러게 말일세. 여기서 쉬나, 진중에서 쉬나 뭐가 다르다고."

방어구와 병장기를 내려놓은 병사들은 지금 이 상황을 투덜거리고 있었다. 어차피 똑같을 터인데 순찰을 하라고 해서 순찰을 할 것도 아니면서 이 고생을 시킨다는 생각이었다.

"대체 몬스터도 다 소개해 버린 이 산중에 무슨 소리가 들린다고……."

그렇게 말하던 이의 말꼬리가 흐려졌다. 자신의 앞에서 자신의 말에 동조해 주던 동료 병사의 목에 무언가 날카로운 빛을 내는 것이 대어져 있었기 때문이었다.

그와 동시에 자신의 목에도 대어져 느껴지는 이 서늘한 감촉. 분명 이것은 병장기였다. 검이나 창, 혹은 짧은 단검이었다.

"꿀꺽!"

자신도 모르게 침을 삼키고 엉겁결에 손을 위로 들어 올렸다.

"반항하지 않는다면, 죽이지 않겠다."

끄덕! 끄덕!

나지막한 목소리가 귓속을 간질였다. 그에 놀란 눈과 아직도 심하게 뛰고 있는 심장을 진정시키며, 고개를 끄덕이는 열 명의 병사.

사내들이 재빨리 열 명을 포박했고, 한쪽 편에서는 휘파람을 불어 무언가를 전달했다.

그 날카로운 휘파람은 바람을 타고 상당히 먼 곳까지, 그리고 정확하게 전달되었다. 그 날카로운 휘파람 소리를 듣고 쫑긋거리는 귀가 있었다.

통신 마법사는 약하게 진동하는 수정 크리스탈을 느끼며 고개를 끄덕이고 있었다.

"순찰조의 기사 한 명을 제거하고, 열 명의 병사를 포로로 잡았다 합니다."

"모든 배치가 완료되었으며, 대기 상태에 들어갔다고 합니다."

기사와 통신 마법사의 말에 고개를 끄덕인 베르누크의 입이 떼어졌다.

"좋군. 작전을 시작한다."

"명!"

베르누크의 명에 바티스타 경이 움직였다. 바티스타 경의 뒤를 이어 열 명의 기사와 1천의 병력이 따랐다. 베르누크의 곁을 지키고 있던 통신 마법사는 지니고 있던 수정 크리스탈을 통해 진동을 전했고, 휘파람을 불어 바람에 날렸다.

짧게 두 번, 길게 한 번.

미리 정해놓은 작전 신호로, 작전을 개시한다는 명이었다.

작전을 개시하는 그들의 얼굴에는 예의 검은색과 짙은 녹색으로 위장되어 있었으며, 몸에는 과하지 않게 주변과 어우러지는 나뭇가지와 풀을 꽂아 위장을 하였다.

조심스러우나 신속한 움직임에 그 발소리조차 들리지 않았다. 그들은 정예병이었다. 농민의 난과 바이큰족을 상대로 전투를 치른 정예병인 만큼 그 어떠한 상황에서도 물러섬과 망설임이 없었다.

"이제 시작이로군."

"지켜보시겠습니까?"

베르누크가 가볍게 말하자 카림이 뒤를 이었다. 하지만 베르누크는 고개를 저었다. 그들에게 작전을 맡긴 이상 그들을 믿어야 한다. 그것을 믿지 못해 그들의 주군으로 있는 자가 나선다는 것은 그들의 신념에 크든 작든 금이 가게 하는 행동이었다.

"그 정도도 못 해내면, 기사 그만둬야지."

"그렇긴 합니다."

베르누크의 말에 카림이 웃으면서 답했다.

"칼리고 남작은 출발했나?"

"약 5분 전에 출발했습니다. 스스로 하고자 하는 일이라서인지, 위장을 실제처럼 하더군요."

그 말에 고개를 주억거리던 베르누크가 빠르게 사라지고 있는 바티스타 경과 병사들을 바라보며 물었다.

"두 끼를 굶고, 스스로의 몸에 검상을 내었다지?"

"그렇습니다. 이동 시 먹을 식량조차 가지고 가지 않았습니다."

"믿을 만하군."

"확실히 호박이 넝쿨째 들어온 느낌입니다."

역시 칼리고 남작을 가장 반기는 것은 카림이었다. 카림은 언제나 베르누크만큼이나 인재에 목말라 있었다. 그것을 아는 베르누크이기에 별다른 말 없이 사라져 가는 이들을 바라보았다.

이미 종적이 묘연해진 매복조 타격대. 숲과 일체가 되어버린 타격대는 빠르게 이동하고 있었다. 대략 20분쯤을 그렇게 움직이던 바티스타 경의 걸음이 조금씩 느려지기 시작했다.

그렇다는 것은 적과 점점 가까워지고 있다는 것을 의미했다. 그에 기사들과 병사들이 긴장했다. 약간은 느슨하게 풀었던 긴장의 끈을 조이고, 손에 쥐고 있던 병장기를 다시 한 번

꽉 쥐었다.

　그리고 마침내 그들의 목소리까지 들을 정도로 가까이 접근했다.

　"순찰조는 아직 복귀하지 않았나?"

　"아직 복귀하지 않았습니다."

　미첼 경의 물음에 또 다른 기사가 답을 했다. 대답을 하는 기사 역시 평소보다 날카롭게 물어보는 미첼 경의 행동에 퉁명스러웠다.

　매복조의 조장을 포함한 여섯 명의 기사는 모두 다른 영지의 기사였다. 조합된 병력이라는 말이었다. 때문에 직위를 빼면, 다들 동등한 입장의 기사들이었다.

　그러한 판국에 조장이랍시고, 자꾸 날카롭게 부하 대하듯 대하는 미첼 경의 행동에 결코 호의적인 태도가 나오지 않는 네 명의 기사였다.

　미첼 경 역시 그들에게 뭐라고 할 입장은 못 되었다. 단지 작전을 원활하게 수행하기 위해서 자신이 조장으로 있을 뿐이기 때문이었다. 하지만 아까부터 끊임없이 자신의 신경을 거슬리게 하고 있는 불안감에 절로 날카롭게 변하고 있었다.

　'아무 일도 없을 거야. 그럴 거야. 그런데 도대체 진정되지 않는 이 불안함은 뭐란 말인가?

　미첼 경은 마음을 스스로 진정시키려 무진 애를 썼다. 하나, 엄습해 오는 불안감은 스스로 진정시키려 하면 할수록 더욱더 그의 뇌리를 감싸고, 심장에 들러붙어 불을 지르고 있었다.

그러한 그들을 바라보는 날카로운 눈빛 하나, 둘, 열, 백… 일천. 그중 가장 날카로우며 냉정하게 빛나는 사내의 손이 들려졌다. 그리고 아주 느릿하게 전방을 향하여 내려지며, 흘러나오는 외침.

"공겨어억!"

"와아아아~!"

매복조를 둥그렇게 감싼 1천의 병력이 한꺼번에 쏟아져 들어갔다. 은밀함을 강조하기 위해 얼굴과 몸에 위장을 한 탓에 처음 그들이 움직였을 때 매복조들은 어리둥절했다.

아무것도 보이지 않는데 우레와 같은 함성이 들려왔기 때문이었다.

"어어엇! 수, 숲이 움직인다!"

"무, 무슨!"

"엇! 적이다!"

"적습이다."

1천의 병력이 지근거리에 접근했을 때 매복조들은 그제야 그들을 알아볼 수 있었다. 위장을 한 1천의 병력이 한꺼번에 움직이자 마치 숲이 그들을 덮치는 것처럼 느껴졌던 것이다.

쿠화아아앙!

데이브 바티스타 경의 검이 가장 앞에서 방패를 들어 올리고 있는 기사를 그대로 스쳐 지나갔다.

"북부의 패자! 베르누크 아이젠 자작의 수신호위 데이브 바티스타가 여기 있다. 나를 감당할 자 있는가?!"

그의 검에는 오러 리저넌스가 선명하게 시전되어 있었다. 그의 방패에도 역시 오러 실드가 시전되어, 막는 역할만을 감당하지 않았다. 오러 실드 그 자체가 방어와 공격을 함께하기 때문이었다.

두 배가 넘는 병력에 매복조가 속절없이 무너져 갔다.

"정신 차려라. 정신 차리란 말이다!"

매복조의 조장인 미첼 경은 목이 쉬어라 외쳤지만, 이미 기세와 병력 두 가지 면에서 완벽하게 지고 들어가는 전투. 결코 그의 말이 병사들과 기사들에 먹혀 들어갈 수 없었다.

슈화아아악!

그러는 사이 바티스타 경의 검이 미첼 경을 향해 쇄도했다. 엉겁결에 그 검을 방패로 막아간 미첼 경은 외마디 비명을 지르며 뒤로 넘어지고 말았다.

쿠드드득!

"아악!"

방패가 검에 의하여 뜯겨 나가고 있었다. 분명 검으로 내려

치건만, 미약하나 마법적인 처리까지 거친 방패였던지라 잘려 나가는 것이 아니라 그 견딜 수 있는 한계를 넘어선 충격에 찢어져 나가는 것이다.

처억!

어느새 바티스타 경의 검이 미첼 경의 목젖에 대어져 있었다. 미첼 경의 눈이 자신을 오만하게 내려다보고 있는 바티스타 경의 눈과 마주쳤다. 그에 중후하게 내려지는 한마디.

"항복하라!"

미첼 경의 눈이 내리깔렸다. 그리고 고개가 푹 수그려졌다. 바티스타 경의 입가에 미소가 매달렸다.

"너희의 조장이 항복하였다! 항복하라! 항복하면 살 것이다!"

너무나 순식간에 일어난 일.

1천의 병력이 매복진지에 난입한 지 불과 20분도 안 되어 모든 상황이 종료되어 버렸다. 그것은 빠르게 적의 지휘관을 잡은 것도 있지만, 허파가 튀어나올 만큼 신속하게 이루어진 공격이 또한 주효했기 때문이었다.

"전장을 정리하고, 본대에 알리도록."

"명!"

"또한, 정찰조를 편성해 세 방향으로 흩어져 잔당이 있는지 확인한다. 거리는 본 진지로부터 5킬로미터 이내로 한다."

“명!”

바티스타 경은 잇따라 숨 돌릴 틈도 주지 않고 명을 내렸다. 하지만 이러한 상황을 수백 번 연습했다는 듯이 누구를 지목하지 않았음에도 불구하고, 전장 정리가 시작되고 있었다. 정찰조가 편성되어 나갔고, 본대와의 연락병이 움직이고 있었다.

한마디로 일사불란한 모습이었다. 그에 미첼 경을 포함한 북부 귀족 연합군 소속의 기사들은 자신들의 눈을 의심할 수밖에 없었다. 듣는 것과 너무도 다른 북부 연합군이었다.

미첼 경은 속으로 느끼고 있었다. 아니, 미첼 경을 포함한 모든 기사와 병사가 마음속 깊이 느끼고 있었다.

‘우리는 속고 있었구나.’

＊　　　＊　　　＊

“그… 게 무슨 말인가?”

아르마니 백작의 목소리가 떨렸다. 자신의 눈앞에 있는 세 명의 귀족을 바라보며, 허탈한 듯 분노한 듯 가늘게 떨리는 목소리로 묻고 있었다.

“적들은 이미 우리의 매복 위치를 알고 있었습니다.”

“그렇다는 말은…….”

아르마니 백작의 볼이 푸들푸들 떨리며 좌중을 둘러보았다. 지금 피가 딱지 져서 여기저기 상처를 입고 있는 칼리고 남작의 말은 여기 모여 있는 이 중에서 배신을 한 이가 있다는 것을 의미했기 때문이었다.

장내가 무겁게 가라앉았다. 만약 칼리고 남작 혼자만 그러한 증언을 했다면 문제가 될 소지가 있었으나, 세 명의 귀족 모두가 똑같은 말을 되풀이하고 있었다.

그중 가장 신뢰가 가는 것은 역시 피딱지조차 씻어내지 않고 바로 지휘관 막사로 달려온 칼리고 남작의 증언이었다. 도착한 시간은 비슷하나, 칼리고 남작은 애초에 이 작전을 계획한 장본인이고, 매복 총사령관도 아닌 일개 매복조 조장으로 참전했으니 신빙성이 더했다.

다른 두 명의 귀족은 비교적 깨끗했다. 접전을 벌이기는 했으나, 언제나 그렇듯이 이들은 일단의 믿을 만한 기사들과 함께 미리 몸을 뺀 후였을 것이고, 칼리고 남작은 매복조 조장으로 직접 적과 대적했음이니 당연한 결과라 할 것이었다.

"물러들 가시오. 잠시 후 다시 회의를 속개하도록 하겠소."

아르마니 백작이 무거운 얼굴로 신음처럼 내뱉었다. 생각할 시간이 필요한 것이었다. 아직 패전하고 돌아온 이들의 증언조차 제대로 듣지 못한 상황이었다.

　장내에는 아르마니 백작과 세 명의 귀족과 총군사장으로 있는 몰도바인 자작만이 남았다.

　"우선 브리튼 남작의 말을 듣도록 하지."

　"그것이……."

　브리튼 남작이 머뭇거리며 입을 열었다. 브리튼 남작과 마이트 남작은 보고를 하면서도 연신 칼리고 남작을 흘낏거렸다. 자신들의 행색과 너무나도 차이가 나는 칼리고 남작이었기 때문이었다.

　전장에 나간, 혹은 전장을 책임진 지휘관이라면 최소한 무서워서, 두려워서 후퇴하지는 말아야 한다. 한데 자신들의 행색은 너무나도 깨끗했다. 그것은 바로 저항조차 해보지 않고, 후퇴했다는 것을 반증했다.

　물론 그런 보고는 슬쩍 빼기는 했지만, 그렇디 히더리도 그러한 자신들이 행동을 모를 리 없는 아르마니 백작과 몰도바인 자작이었다. 그 한 예로 보고를 듣고 있는 내내 마뜩찮은 표정을 짓고 있는 아르마니 백작과 가재미눈을 뜨고 자신들을 노려보고 있는 몰도바인 자작이었다.

　"이, 이렇게 되었습니다."

　"그러니까 적의 병력 규모라든지 혹은 적의 진로라든지 그런 것은 하나도 모른다는 말이던가?"

　"그, 그렇습니다."

땀을 뻘뻘 흘리며, 몰도바인 자작의 물음에 답하는 브리튼
남작과 마이트 남작이었다.

"허~ 아무리 매복조를 이끄는 지휘관이라도 해도 종내에
는 5천에 이르는 군단급의 매복조이거늘. 그러한 군단급을
이끄는 지휘관들이 비록 패퇴하기는 했으나, 적정조차 살피
지 않고 도망쳐 오다니……."

몰도바인 자작은 그렇게 두 명의 귀족을 탓하면서도, 칼리
고 남작은 쳐다도 보지 않았다. 칼리고 남작은 이미 그 이유
를 알고 있었다. 죽으라고 보낸 자신이 이렇게 버젓이 살아
돌아 왔으니, 오히려 더 미워진 탓이라는 것을 말이다.

"칼리고 남작의 말을 듣도록 하지."

칼리고 남작을 지목한 것은 아르마니 백작이었다. 지목하
기는 했지만, 그다지 반기는 표정은 아니었다. 왠지 모르게
칼리고 남작을 꺼리고 있다는 느낌의 행동과 말이었다.

"제1매복조를 공격한 것은 대략 1천 명 정도의 병력이었습
니다. 지휘관 한 명과 기사 열 명. 그리고 병사는 대략 1천 명
정도입니다. 얼굴은 진한 녹색과 검은색으로 칠해져 있었고,
몸 곳곳에는 풀과 나뭇가지가 꽂혀 있었습니다. 그 때문인지
그들이 불과 20미 정도로 가까이 접근했음에도 그 기척조차
찾아내기 힘들었습니다. 완전히 숲과 동화된 모습이었으니
말입니다."

아르마니 백작과 몰도바인 자작, 그리고 두 명의 남작이 고개를 끄덕였다. 두 명의 남작이 이미 대충 보고를 했기에 그들과 별반 다르지 않았던 것이다.

다만, 그 병력과 기사들이 조금 더 구체적이었다.

"계속하시게."

몰도바인 자작이 재촉했다. 병력과 기사들이 조금 더 구체적이라는 것은 브리튼 남작과 마이트 남작과는 달리 칼리고 남작은 직접 그들과 싸웠다는 것을 의미하기 때문이었다.

"기사들이나 병사들 모두 몬스터의 가죽으로 만든 레더 메일을 입었습니다. 하지만 아군 기사들이 검이나 병사들의 병장기를 튕겨낼 정도로 견고했습니다. 예상컨대 일반 몬스터의 가죽으로 만든 것 같지는 않았습니다."

"허어~ 그렇다는 말이지?"

아르마니 백작이 얼굴을 찡그렸다. 그럴 수밖에 없는 것이 기사들의 풀 플레이트 메일은 마법적인 기법을 통해 경량화를 하기는 하지만, 그 방어력에 비해 움직임이 둔한 것은 사실이었다.

하지만 몬스터의 가죽으로 만든 레더 메일을 착용하지 않는 이유는 풀 플레이트 메일 정도의 방어력에 준하는 몬스터의 가죽으로 만든 레더 메일을 착용하려 한다면, 그 수고로움과 가격이 만만치 않기 때문이다.

만약 같은 방어력이라면, 움직임이 둔한 풀 플레이트 메일보다는 오히려 최상급의 레더 메일을 선호할 것이다. 그것은 병사들 역시 다르지 않았다. 자신의 생명력을 담보하는 메일이 소중함은 오히려 기사들보다 더하다 할 수 있었다.

"또한 퇴각하면서 본 그들의 병력은 경기병이 일만 정도, 궁기병이 일만, 보병 병력만 최소 5만이 넘어가 보였습니다."

칼리고 남작은 마치 눈앞에서 본 것과 같이 대략적인 병력의 규모와 병과를 설명했다. 물론 상당히 부풀려진 내용이기는 했지만, 너무 정확하다면 오히려 의심을 살 수 있었기에 대략적으로 그 규모를 의도적으로 부풀리고 있었다.

"적의 중군이 최소 7만이라는 것인가?"

"좌군과 우군을 합친다면 최소 21만이 넘어간다는 것입니다. 이에 그들이 병력을 최소한으로 잡는 것이 아닌, 25만 내지 30만 정도의 병력이라 할 수 있습니다."

아르마니 백작의 얼굴이 어두워졌다. 자신이 이끌고 있는 병력과 같거나 더 우월하다는 것일 것이고, 기사들이 풀 플레이트 메일을 착용하지 않고 있다면, 기동력과 전투력에 있어서 더 우월하다는 것을 의미하기 때문이었다.

"또한 잡았던 포로를 심문해 본 결과 그들은 이미 주변 영지에 모든 공문과 사신을 보낸 것으로 알고 있습니다."

"포로가 그런 말을?"

"그 포로, 있는가?"

"아쉽게도 스스로 목숨을 끊었습니다."

"허어~"

"알겠네. 다들 돌아가서 쉬고 있도록 하게."

"그럼!"

칼리고 남작을 비롯해 브리튼 남작과 마이트 남작이 자리에 일어서 아르마니 백작의 막사를 벗어났다. 그러한 그들을 바라보는 아르마니 백작과 몰도바인 자작의 얼굴은 침중했다.

"칼리고 남작의 말을 어느 정도 믿어야 할지 모르겠군."

아르마니 백작의 의심스러운 물음에 몰도바인 자작 역시 고개를 주억거리며 아르마니 백작의 말에 긍정을 표했다.

"어느 정도 기감온 있었겠으니, 비슷하기는 힐 깃입니다. 그가 경황 중에 도망쳐 실제보다 부풀려질 가능성이 다분합니다. 거기에 브리튼 남작이나 마이트 남작보다는 너무 상세해 의문이 갑니다."

"경도 그리 생각하나?"

"대비는 해야겠으나, 칼리고 남작을 요직에 기용한다는 것은 모험일 수 있습니다."

딴은 몰도바인 자작의 말이 정확했다. 현 상황에 대하여 설명해 줄, 혹은 확인해 줄 누군가가 있지 않다면 말이다. 그래서 의구심을 가지는 두 명이었다.

"어찌했으면 좋겠는가?"

"뱀은 머리를 치면 됩니다."

"그 말은?"

"그들의 좌군과 우군이 합류하기 전에 아이젠 자작이 있는 중군을 들이치는 것이 가장 옳은 방법이라 생각됩니다."

몰도바인 자작의 말에 수긍을 하면서도 여전히 표정이 펴지지 않는 아르마니 백작이었다.

"그럼 간자들은 어찌했으면 좋겠는가?"

"아직 아무것도 밝혀진 것은 없습니다. 지금부터 살펴보아야만 합니다."

정석적인 말을 내뱉는 몰도바인 자작의 얼굴을 뚫어지게 보던 아르마니 백작이 이내 고개를 젓고, 한숨을 내쉬며 다시 물었다.

"어느 정도 예상은 하고 있지 않나 싶은데 말이지."

"하면, 동시에 펴 보이는 것이 어떠합니까?"

"좋군."

그 둘은 조용히 자신의 손바닥에 무언가를 적었다. 그리고 손바닥을 엎어 보이지 않게 한 후 서로를 바라보았다. 이내 둘은 고개를 끄덕이고, 탁자에 놓인 손을 뒤집어 바닥을 보였다.

“역시…….”

“역시…….”

둘의 생각은 일치했다. 손바닥에는 두 명의 귀족의 이름이 적혀 있었다.

“마틴 백작과 펠릭스 자작이라…….”

그 둘은 현재 아르마니 백작과 가장 첨예한 대립각을 세운 이들이었다. 북부 귀족 연합에 소속되어 있지만, 사사건건 부딪혀 온 자들이었다.

펠릭스 자작은 마틴 백작의 참모였다. 하니, 둘을 따로 떼어서 상상할 수 있는 것은 아니었다. 그에 아르마니 백작과 몰도바인 자작은 동시에 그 둘을 거론한 것이었다.

“하면, 칼리고 남작 역시 그들과 같이 처리해야 할 듯하군.”

“일에는 순서가 있는 법. 그들에 대한 감시를 강화하는 한편, 증거를 수집해야 할 것입니다. 마틴 백작을 따르는 귀족들이 적지 않으니 그들을 모두 처리한다는 것은 무리입니다.”

그렇다. 비록 자신의 휘하에 있지만 마틴 백작을 함부로 대하기는 어렵다. 자신은 그저 북부 귀족 연합의 연합장일 뿐이지 이들을 이끌어가는 군주의 자리에 있는 것이 아니었다.

“그를 따르는 귀족들은 어찌했으면 좋겠는가?”

"회유할 수 있는 자는 회유해야 하지 않겠습니까?"

"적당한 자가 있는가?"

"레쉴리 남작이 달변가입니다. 그는 자이론 출신으로 전형적인 문관형 귀족입니다. 야망은 크나 자신을 이끌어줄 자가 없어, 기회를 보고 있는 자라 할 수 있습니다."

기회를 보는 자.

그러한 자는 이용하기 쉽다. 성공을 위해서는 물불을 가리지 않으니 말이다. 거기에 전형적인 문관형으로 달변가라면 모사가라 할 수 있었다.

"그자에게 모든 것을 한번 맡겨보도록 하지."

"기회를 주자는 것입니까?"

"지금 우리에게 필요한 자는 그러한 자이니까."

지금 아르마니 백작은 두 가지를 생각하고 있었다. 하나는 간자의 제거였다. 그가 간자가 맞다면 말이다. 그리고 하나 더, 바로 정적의 제거였다. 마틴 백작과 그의 참모인 펠릭스 자작은 반드시 제거해야만 하는 대상이었다.

하지만 그들의 휘하에 있는 세력은 진정으로 탐이 난다. 해서, 아르마니 백작은 지금 이 순간 간자의 색출이라기보다는 양분할 수 없는 권력에 있어서 강력한 정적을 제거하기로 한 것이었다. 어떤 수단과 방법을 동원해서라도 말이다.

그것은 몰도바인 자작 역시 다르지 않았다. 자신을 앞서는 두뇌를 가지고 있는 펠릭스 자작. 거기에 자신이 섬기는 주군보다 뛰어난 정적. 당연히 제거해야만 했다.

둘의 마음이 절대적으로 맞아 들어갔다. 둘은 서로의 마음을 확인한 후 입가에 웃음을 지었다. 아르마니 백작이 고개를 끄덕이자 몰도바인 자작이 자리에서 일어났다.

*　　　*　　　*

"작전이 성공한 것 같습니다."

"잘됐군."

카림과 베르누크의 대화였다. 적진으로 보낸 칼리고 남작이 자신의 역할을 충실히 한 덕택인지, 아니면 카림의 기가 막힌 기만전술 덕분인지 적들은 지금 사분오열에 자신들의 전력을 제대로 파악조차 하지 못하고 있었다.

"아르마니 백작은 칼리고 남작을 의심해 막사에 연금한 상태이고, 그의 정적으로 여겨지는 마틴 백작을 밀어내기 위해 간계를 꾸미고 있습니다. 또한, 두 방향을 포기하고 바로 본진을 공격할 준비를 하고 있습니다."

카림의 보고에 고개를 끄덕인 베르누크의 시선은 카림을 보고 있는 것이 아니라 실물을 축소해 놓은 듯한 대형 사판(작전지역 모형 지도)을 바라보고 있었다.

"귀족 연합군의 좌군과 우군은 아마 여기, 벨라톤 지역쯤
에서 합류할 것이라 판단됩니다."

"그냥 후퇴하지는 않았겠지?"

"브레이번 자작과 스틸러스 남작의 보고에 의하면, 아드리
안 백작이 주둔 중이던 인근 지역의 징집병들을 각각의 방향
에 배치하고, 길목에 목책을 설치해 진입을 방해하고 있다 합
니다."

"그럴 테지."

당연하다는 듯이 고개를 주억거리는 베르누크였다. 그렇
다 해서 방법이 없는 것은 아니었다. 이미 그 방법을 생각하
고 실행 직전에 있었다.

"마법진을 가동시켜야 할 것 같군."

"이미 준비 중에 있습니다. 명만 주신다면, 좌군과 우군을
예상 작전 지역에 바로 투입할 수 있습니다."

둘의 대화에서 알 수 있듯이 베르누크는 병력의 이동을 위
해 쌍방향 텔레포트 마법진을 활성화하려 하고 있었다.

한 사람의 마법사가 텔레포트를 실시하려 한다면 정말 많
은 마력과 수고로움이 필요하다. 하지만 마법진을 이용한다
면, 훨씬 더 많은 물체를 이동시킬 수 있었다.

물론 마법진을 그려야 할 만큼 대단한 마법사가 양쪽에 모
두 있어야만 가능하다. 모든 마법사가 다 텔레포트 마법진을

그릴 수 있는 것은 아니니 말이다.

"마법진을 가동해. 그리고 바로 예상 작전지역으로 투입해."

"주군의 뜻대로."

카림은 가볍게 목례를 하고 베르누크의 막사에서 벗어났다. 그러한 카림의 등 뒤를 물끄러미 바라보는 베르누크였다.

정신없이 달려왔고, 정신없이 달려가고 있었다. 그 끝이 어딘지는 아무도 모른다. 심지어 자신조차도 지금 자신이 달려가는 끝이 어딘지는 모를 일이었다.

베르누크는 한숨을 내 쉬고, 가벼운 옷차림으로 자신의 애병이 할버드를 들고 막사를 나섰다.

왠지 모르게 마음이 무거워 집중을 할 수 없었다. 베르누크가 나섬에 많은 기사와 병사들이 절도있는 군례를 올렸다. 그들의 군례를 일일이 손을 들어 받아주는 베르누크였다.

아무도 베르누크의 이러한 행동을 이상하다 생각지 않고, 오히려 당연하다는 듯이 대하고 있었다. 특별한 일정이 없는 한은 언제나 개인 연무장이 아닌 병사들과 어울려 몸을 푸는 베르누크였기에 이제는 모든 이가 당연시 여기고 있었다.

주둔지는 상당히 활기찼다. 며칠간 행군도 하지 않고, 예상되는 작전 지역으로부터 얼마간의 거리를 벌린 뒤 주둔지를 정하고 들어앉은 덕택에 행군이나 혹은 전투 후 제대로 취하지 못한 휴식을 취하고 있었다.

"나오십니까?"

베르누크가 할버드를 들고 연무장에 들어서자, 레너드가 다가와 베르누크를 맞았다. 그에 베르누크는 고개를 끄덕이 는 것으로 답했다. 하지만 매의 눈처럼 날카로운 레너드의 눈은 속일 수 없었던지 먼저 말을 걸어왔다.

"오랜만에 한 수 가르침을 받아도 되겠습니까?"

"그것도 좋지."

호쾌하게 레너드의 제안을 받아들인 베르누크였다. 사실 혼자 하는 것보다는 이렇게 상대를 두고 하는 것이 훨씬 좋은 방법이었다. 하지만 베르누크는 이미 그 단계를 뛰어넘은 지 한참이고, 그의 직분 덕택에 마음 놓고 상대할 자는 극히 드물었다.

그 말이 있자 모든 병사와 기사가 순식간에 물러나 연무장의 한가운데를 비웠다. 이미 총 기사단장인 레너드나 나이트 킹이라 불리는 베르누크의 실력이 마스터라는 것은 모두 주지하고 있는 사실.

이런 기회가 아니면 그들의 실력을 볼 기회가 많지 않았기에 전투를 앞둔 병사들과 기사들에게는 상당한 호재로 작용했다. 강한 주군이 있다는 것은 그만큼 살아남을 확률도 크지만, 마스터의 대련을 보는 것은 평생을 갈 대단한 자부심이었기 때문이었다.

추흐웅!

레너드의 3미터에 달하는 연검이 바닥에 풀어지며, 붉은색의 화염이 일렁거렸다. 바로 지금의 그가 있도록 만들어준 붉은색의 오러 블레이드였다. 기사들의 입에서 경탄이 터져 나왔다.

"우오~ 화염의 플뤼톤이다."

레너드의 그 모습에 고개를 끄덕인 베르누크 역시 할버드를 잡고 비스듬한 자세를 한 후 창끝을 바닥에 대었다. 베르누크의 할버드에는 순백색의 오러 블레이드가 일렁였다.

"허어~ 저것이 바로 나이트 킹이라 불리는 영주님의 오러 블레이드구나."

마치 누군가가 눌의 대련을 설명이나 하듯이 외쳤다.

"갑니닷!"

선공은 레너드가 먼저였다. 붉은색의 오러 블레이드가 그의 애병인 연검을 타며 낭창낭창하게 베르누크를 향해 쇄도했다.

마치 파도가 몰아치듯 잔잔하면서도 격정적으로 쇄도해 오는 레너드의 연검. 베르누크는 느릿하게 할버드를 움직여 붉은 파도를 걷어내고, 상단에서 하단으로 찍어 내리듯 움직였다.

레너드 역시 별다른 표정 없이 몸을 슬쩍 움직여, 찍어 오는 베르누크의 할버드를 연검으로 감아 방향을 틀었다.

"늘었군."

"영주님만 하겠습니까?"

레너드의 말에 씨익 웃는 베르누크, 그리고 마주 웃는 레너드였다.

둘이 서로 끌어당기듯이 맹렬하게 검과 할버드를 움직여 갔다. 마치 생사대적을 만난 듯이 말이다.

콰아아앙! 따라라라랑!

둘이 움직이기 시작하자 아무것도 보이지 않았다. 그저 희끗한 잔상만 보일 뿐이었다. 하지만 기사들과 병사들은 숨을 죽이며 그들의 대련을 바라보았다.

흐릿하게만 보일 뿐 그 실체를 볼 수 없으나, 지금 둘의 대련을 지켜보고 있는 모든 이는 몸으로 체감할 수 있었다. 그리고 상상할 수 있었다. 보이지는 않지만 마치 눈앞에서 보는 것처럼 생생하게 말이다.

"역시 마스터란……."

"이, 이런 것이었던가?"

둘의 대련은 눈으로 보는 것이 아닌 마음으로 느끼고 보는 것이었다. 영혼의 울림이었다. 그에 몇몇의 기사는 그 자리에 털썩 주저앉아 그 영혼의 울림을 받아들이고 있었고, 몇몇의

병사는 마치 황홀한 무언가를 보는 듯이 눈이 몽롱하게 풀려
가고 있었다.

쾌하아아앙!

후두두둑!

거센 소리가 터져 나오며 둘의 그림자가 서로에게서 떨어
졌다.

이내 둘의 모습을 가렸던 흙먼지와 가늘게 부숴진 돌가루
가 떨어져 내리는 소리가 들렸다.

"꿀꺽!"

누군가가 목울대를 울리며, 침을 삼키는 소리가 들려왔다.
모든 이의 시선은 서서히 그 모습을 드러내고 있는 베르누크
와 레너드가 있는 연무장으로 향해 있었다.

"무엇이 그리 고민스러우십니까?"

"과연 내가 저들의 목숨을 좌지우지할 만한 사람인가가 고
민이네."

"스스로 가장 거대한 무덤을 짓고자 하지 않으셨습니까?"

"그러하네. 하지만 난 인간이지 않은가?"

둘은 서로 10미터의 거리를 격하고 있었지만 대화가 가능
했다. 남들이 본다면 그저 서로를 바라보며 틈을 찾고 있는
것처럼 보였으나, 그들은 심각하게 대화를 하고 있었다.

"인간이기에 그런 고민을 하는 것입니다. 저들을 이끌기에

그러한 고민을 하시는 것입니다. 그러한 고민조차 하지 않는다면 그것은 살인마이며, 수백만 혹은 수천만을 이끌 자로서의 자격이 없습니다.”

베르누크의 시선이 레너드의 눈동자를 향했다. 굳고 정명하게 빛나는 레너드의 눈동자였다. 오랜 친우이자 가족과 다름없는 자. 그러한 레너드의 눈동자에는 굳은 의지와 믿음이 자리하고 있었다.

그에 베르누크의 시선이 자신과 레너드의 대련을 지켜보고 있는 병사들과 기사들, 그리고 귀족들을 둘러보았다. 모두 자신과 레너드를 지켜보고 있었다.

그 속에는 다양한 열망과 소망이 담겨져 있었다. 하지만 하나같이 느낄 수 있는 것은 그들의 눈동자에 담긴 자신을 향한 깊은 신뢰였다. 기사들이나 혹은 귀족들이라면 이해할 수 있었으나, 병사들의 시선에서까지 그것을 느낄 수 있었다.

‘나에게는 이들이 있었구나. 이들이 있기에 내가 존재하고, 내 영지가 존재하는 것이로구나.’

그들의 진심이 가슴에 전해져 오자 베르누크의 입가에는 살풋 미소가 띄워졌다. 그 미소는 레너드 역시 보았다. 그에 레너드 역시 미소를 지었다.

“타하앗!”

레너드의 연검이 움직였다. 다시 대련이 시작되었다. 사위를 감싸고 돌던 정적이 깨져 나갔다. 병사들과 기사들은 다시금 그들의 움직임에 촉각을 세웠다.

카르르릇!

연검과 할버드가 부딪히며, 거친 굉음과 같은 소리가 들려왔다. 레너드의 연검이 하늘을 뒤덮듯이 베르누크를 덮쳐왔다. 그에 베르누크의 할버드가 마치 가벼운 단검이라도 되는 양 그 모든 연검의 파도를 막아내고, 눈으로 쫓을 수 없을 정도로 빠르게 사라졌다.

급급하게 물러나는 레너드. 하지만 이내 눈을 크게 떠야만 했다. 어느새 다가왔는지, 베르누크의 할버드 끝이 자신의 목젖을 지그시 누르고 있었다.

"졌습니다."

휘리리릭! 치억!

베르누크의 할버드가 거둬졌다. 연무장은 낙엽이 떨어지는 소리가 들릴 정도로 조용했다. 잠깐의 시간이건만, 만년의 시간이 지나는 것 같았다.

짝!

짝. 짝.

짝. 짝. 짝!

"우와아아아!"

"영주님 만세!"

“아이젠 영지 만세!”

그들은 감동하고 있었다. 그 대단한 무력에 감동했고, 그러한 대단한 무력을 지닌 자가 자신의 영주이고, 자신의 주군이라는 것이 감동했다. 기사들과 병사들은 베르누크와 레너드를 연호하였다.

척!

베르누크의 손이 들려졌다. 그러자 마치 짜맞춘 듯이 소음이 조용해졌다.

“전투를 준비하라! 새로운 북부를 위해 전투를 준비하라!”

“추우웅!”

“충!”

기사들은 무릎을 꿇어 오직 하나뿐인 주군을 위하여 기사의 예를 취했으며, 병사들은 자신의 무기를 높이 들어 충성을 외치며 한마음이 되었다.

그렇게 베르누크는 새로운 북부를 만들기 위한 전투를 준비했다.

자신을 연호하는 그들을 바라보며 연무장에 잠시 자리하다 베르누크는 이내 서서히 몸을 돌려 막사 쪽으로 발걸음을 옮겼다. 그에 그를 바라보고 있던 귀족들 역시 베르누크에게 주군으로서의 예를 올렸다.

이미 그는 일개 자작이 아닌, 여기 있는 모든 이에게는 왕이었다. 기사의 왕이었고, 영지의 왕이었고, 마음의 왕이었다. 그 모습을 바라보는 카림은 감격에 어린 눈으로 베르누크를 바라보고 있었다.

"헛참. 그 양반. 별의별 것으로 사람을 감동시키는구만."

"허허. 그것이 주군의 매력이 아니겠습니까?"

"그렇지요. 언제나 평민과 함께하는 주군이시기에 가능한 것이 아니겠습니까?"

카림을 필두로 현자의 탑 출신으로 베르누크에게 출사한 로버트 웨어 경과 빌리 뉴턴 경이 차례로 입을 열었다. 그들은 참으로 다행이라 여기고 있었다. 자신에게 무슨 복이 있어 주군과 같은 사람을 만나게 되었는지 몰라도, 지금 이 순간만큼은 신께 그 고마움을 전하고 싶었다.

"쑥딕거리지들 말고 준비들 해!"

그때 들려오는 베르누크의 외침에 셋은 피식 웃어버렸다.

"아무래도 주군께서 우리의 말을 들으셨나 봅니다."

"이미 인간의 경지를 벗어났으니 어쩔 수 없지요."

"자자~ 어서 준비들 합시다."

이번에는 뉴턴 경을 필두로 웨어 경이 말을 주고받았고, 마지막으로 카림이 그 둘을 다독이며 이리저리 움직이고 있는 이들 사이로 녹아들었다. 새로운 시작이 다가오고 있었다.

물론, 새로운 시작을 위해서는 반드시 넘어야 할 산이 있었다. 바로 북부를 베르누크 아이젠이라는 이름 아래 통합하는 것이었다. 그리고 누구도 넘보지 못하게 단단하게 다져야만 했다.

*　　*　　*

아르마니 백작은 불안했다. 제대로 되는 것이 하나도 없었다. 가장 먼저 해야 할 아이젠 자작의 영지는 들어가 보지도 못했다. 둘째로 자신의 정적으로 예상되는 마틴 백작에 대한 공작 역시 제대로 이루어지지 않고 있었다.

가장 걸리는 것은 역시 마틴 백작이었다. 그의 자리는 생각 외로 견고했다. 그래서 지금 군사를 돌려 남으로 내려오면서도 머리 한쪽에서 떠나지 않는 생각이 바로 그것이었다.

"마틴 백작께서 선봉을 맡아주셔야 할 것 같습니다."

"본 작이 말이오?"

의외라는 듯이 물어오는 마틴 백작이었다. 자신을 축출하기 위해서 혹은 지금까지 자신을 견제하기 위해서 갖은 노력을 다 했던 아르마니 백작이 중요한 선봉을 자신에게 맡기니 의아하다는 생각이 들었던 것이었다.

"싫습니까?"

"그것은 아니오. 오히려 고맙다고 해야 할 것입니다."

혹시라도 마음이 바뀔까 마틴 백작은 앉은 자리에서 그대로 승낙을 했다. 그에 마틴 백작을 따르는 귀족들은 의기양양해하는 표정을 지었다. 이겼다는 기분이 들었기 때문이었다.

하나, 마틴 백작의 군사로 있는 펠릭스 자작은 얼굴을 굳혔다. 위험했기 때문이었다.

'이건… 작정을 한 것이로구나.'

펠릭스 자작은 본능적으로 느낄 수 있었다. 지금 아르마니 백작은 마틴 백작을 제거하기로 작정을 한 것이었다. 적이 많든 적든 간에 마틴 백작은 선봉에서 죽게 될 것이었다.

어느 순간 마틴 백작의 눈이 펠릭스 자작을 향했다. 들뜬 눈동자였다. 하지만 이내 안색을 굳히고 말았다. 펠릭스 자작의 딱딱한 얼굴에 일의 중대함을 단박에 알아차린 것이었다.

"크흠. 하면, 넌서 일어나 보셨소이다."

"선봉에 서시려면 많은 것을 준비하여야 할 터. 이해하오."

"그럼!"

선봉을 맡긴 순간부터 모든 것을 마틴 백작에게 일임한 아르마니 백작이었다. 그는 자신의 그릇으로 담을 수 없다는 것을 이미 여러 차례 깨달은 바 있었다. 따로 작전을 지시할 만한 인물이 아니었기 때문이었다.

지금 작전회의 막사에 있는 모든 귀족은 그렇게 인지했다.

하지만 아르마니 백작의 참모장으로 있는 몰도바인 자작이
나, 마틴 백작의 군사장으로 있는 펠릭스 자작은 생각이 달랐
다.

　조용히 자리를 벗어나는 마틴 백작과 그 휘하의 귀족들을
바라보는 눈빛이 있으니 그것은 바로 아르마니 백작의 참모
장인 몰도바인 자작이었다. 그의 얼굴에는 비열한 웃음이 지
어져 있었다.

　'머리를 써봐라, 그라데인 펠릭스야. 이제는 서서히 너와
나의 악연을 끊어야 할 때가 왔구나.'

　"자자. 다시 회의를 계속하도록 하지."

　"주군의 뜻대로."

　회의는 속개되었다. 분위기는 비장하면서도 화기애애했
다. 전투를 앞둔 시점에서의 비장함과 같은 아르마니 백작의
휘하에 있다는 동질감에서의 화기애애함이었다.

　하나, 아르마니 백작의 진영과는 달리 선봉을 위해 준비하
는 마틴 백작의 진영은 침중했다. 바로 아르마니 백작의 노림
수를 펠릭스 자작이 친절하게 설명해 주었기 때문이었다.

　"일단은 모두 나가서 선봉을 위해 준비하도록 하게. 그리
고 펠릭스 자작은 잠시 나를 보고 가도록 하게."

　"명!"

　귀족들이 일어서 나가고, 펠릭스 자작만 남았다. 그렇게 한

참의 시간이 흐르고 이윽고 마틴 백작이 무겁게 입을 열었다.

"나에게 할 말이 있다고?"

"그렇습니다."

"해보게."

"그 전에 소개시켜 드릴 사람이 있습니다."

"소개라……. 보도록 하겠네."

"들어오시게."

그러자 막사의 문을 열고, 한 명이 들어왔다. 그는 다름 아닌 바로 칼리고 남작이었다. 뜻밖의 등장에 마틴 백작은 신중한 눈빛으로 그를 바라보았다.

"칼리고 남작이로군."

"그렇습니다."

"그가 무인가를 가져왔겠군."

"그러합니다."

마틴 백작의 눈동자가 칼리고 남작에게로 향했다. 듣겠다는 그만의 행동일 것이다.

"율리우스 칼리고 남작입니다."

"본론을 듣고 싶네."

직설적으로 본론을 듣고자 하는 마틴 백작이었다. 칼리고 남작을 경계하는 것이 아닌 그의 성정 자체가 허례를 좋아하지 않는 성정이기 때문이었다. 이미 그러한 것을 알고 있었던

지 칼리고 남작도 바로 본론으로 들어갔다

"저는 베르누크 아이젠 자작을 주군으로 섬기고 있습니다."

"……."

침묵을 지키는 마틴 백작과 펠릭스 자작이었다. 하지만 결코 태연할 수 없는 말이었다. 아르마니 백작과 척을 지고 그를 치고자 모인 이곳에서 당당하게 그를 주군으로 섬기고 있다 하니 오히려 그들은 당황스러워 말을 잇지 못했다.

침묵이 꽤나 오랫동안 지속되었다. 정신적인 충격이 꽤 컸던 탓일 것이다. 먼저 말문을 연 것은 바로 펠릭스 자작이었다.

"자네가 나와 주군을 찾은 것은 권유하기 위해서인가?"

"그렇습니다."

"확실히 아이젠 자작이 뛰어나긴 뛰어난 자인가 보군. 자네를 휘하로 두고, 스스로 적진에 뛰어들게 만들다니."

"주군을 그럴 만한 자격이 있습니다."

"들어보도록 하지."

펠릭스 자작이 고개를 돌려 자신의 주군인 마틴 백작을 바라보았다. 자신의 일방적인 승낙에 동의를 구하는 것이었다. 마틴 백작 역시 고개를 끄덕였다. 마틴 백작은 펠릭스 자작을 잘 알고 있다. 절대 자신을 위치를 망각하지 않는다는 것을 말이다.

"우선은 저의 주군께서는 이미 롬멜 백작을 휘하에 두고 있습니다."

"들어서 알고 있네. 하지만 조그마한 인연에 의한 것이라 일고 있네."

"그 조그만 인연이라 할지라도 담을 수 없다면, 버리거나 혹은 버려지게 마련입니다. 하나, 제가 만나본 롬멜 백작은 베르누크 아이젠 자작을 진심을 다해 주군으로 섬기고 있었습니다."

마틴 백작은 미세하게 고개를 끄덕였다. 적으로 만났으나, 적이기에 오히려 더 그들에 대하여 철저하게 파악해야만 했다. 때문에 아이젠 자작의 영지군과 그를 따르는 귀족들에 대하여 잘 알고 있었다.

"진심이던가?"

"사람의 눈은 마음의 창이라 했습니다. 저는 저의 안목에 자부심을 가지고 있습니다. 때문에 사람을 판단하는 눈은 누구보다 훌륭하다 생각하고 있습니다."

자부심 넘치는 칼리고 남작의 모습에 마틴 백작의 시선이 펠릭스 자작에게로 향했다. 그에 펠릭스 자작은 고개를 주억거렸다. 인정한다는 의미였다.

"그렇군. 하지만 그것으로 나를 설득하기에는 힘들 것 같네만."

"저의 주군은 막사는 이곳의 오십인장의 막사와 다르지 않습니다. 또한 저의 주군은 항상 기사들 혹은 병사들과 같이 숙식을 같이하고 있습니다."

"그것은 조금 아니라고 보는군. 일군을 이끄는 자가 스스로의 소중함을 저버리다니."

"진정 그리 생각하십니까?"

칼리고 남작은 마틴 백작을 직시하며 물었다. 그에 마틴 백작은 답을 할 수 없었다. 자신 또한 허례를 싫어하여 아이젠 자작만큼은 아니나 비슷하게 지내고 있기 때문이었다.

그러하기에 자신의 휘하에 있는 병사들과 기사들, 그리고 귀족들은 자신에 대한 충성심이 절대적이었다. 스스로 낮춤으로써 얻어지는 것이 무엇인지를 잘 아는 마틴 백작이었다.

"크음. 다음 말을 듣지."

마틴 백작의 반응에 조용히 미소 짓는 칼리고 남작이었다. 마틴 백작, 그는 분명 뛰어나나 야망이 너무 없었다. 시류가 흐르는 대로 흘러가는 타입이었다. 그의 옆에 과거 황립 아카데미에서 동문수학한 펠릭스 자작이 있었지만 그의 성정으로 보아 주인에게 맞춰가는 스타일이었다.

"그러하면 제가 하나 묻겠습니다."

"물어보게."

"그들의 전력을 어찌 평가하고 계십니까?"

"그들의 전력이라……."

칼리고 남작의 물음에 잠깐 머뭇거리더니 이내 답을 하는 마틴 백작이었다.

"군세를 말하는 것인가? 아니면?"

"지금까지 파악한 그들의 전력입니다."

그에 마틴 백작의 시선이 펠릭스 자작을 향했다. 펠릭스 자작은 고개를 끄덕이더니 칼리고 남작을 보며 담담하게 답했다.

"병력은 대략 15만 정도이고, 그중 경기병이 2만 정도, 기사는 2백 정도로 파악하고 있네."

"저의 주군의 전력에 대하여 전혀 파악하지 못하고 계시군요."

그 말에 눈살을 찌푸린 펠릭스 자작이었다. 자존심이 상한 것이었다. 자신이 파악한 것은 오히려 아르마니 백작의 정보보다 더 정확하다 자부하고 있었기 때문이었다.

"중군, 우군, 좌군 이렇게 총 세 개의 군으로 나누어져 있습니다. 좌군 경기병 1만, 궁기병 5천, 병력 5만입니다. 우군은 경기병 1만, 궁기병 5천, 병력 6만, 중군은 경기병 7천, 궁기병 5천, 병력 5만입니다."

"그런……."

마틴 백작과 펠릭스 자작의 눈이 커졌다. 그들은 너무 당혹스러워 입을 벌린 채 말을 제대로 잇지 못했다.

칼리고 남작은 그들의 모습에 당연한 반응이라 생각했다. 자신도 그 모든 병력 사항을 카림 클라우제비츠 경에게 들었을 때 심장이 입 밖으로 튀어 나오는 줄 알았으니 말이다.

하지만 이것은 약과였다. 앞으로 자신이 말할 내용에 비교하면 말이다.

"이제부터가 진짜입니다. 마스터 3명이 있습니다. 저의 주군이 한 명이요, 총 기사단장인 레너드 베인 경이 한 명이며, 주군의 수신호위이신 제이 브레이커 경이 그 한 명입니다."

"무슨 말도 안 되는⋯⋯!"

"됩니다. 제가 직접 보았습니다."

"허어~"

역시 입을 다물지 못하는 그들이었다. 한 명도 보기 힘들다는 마스터가 무려 3명이나 있었다. 일인 군단이라 불리는 마스터가 말이다.

"5서클 마법사가 두 명이 존재하며, 마법 병단으로 3~4서클의 마법사가 3백입니다. 익스퍼트 이상의 기사가 5백이 있습니다. 이것이 베르누크 아이젠 자작, 저의 주군의 진정한 전력입니다."

마지막 일격이었다. 그에 마틴 백작과 펠릭스 자작의 얼굴이 경악에 차 있었다. 이제는 더 이상 놀랄 수조차 없을 정도였다. 이건 상대가 안 되는 전력이었다.

"진… 실인가?"

떨리는 목소리로 마틴 백작이 다시 확인했다. 필패라는 것을 느끼고 있었기 때문이었다.

"그것을 나에게 말하는 것은 본 작이 전향하기를 바라는 것인가? 배신을 하라는 것인가? 이 나에게?"

"배신이 아닙니다."

"배신이 아니다?"

"그렇습니다."

"말장난을 하자는 것인가?"

마틴 백작의 몸에서 무서운 기세가 피어올랐다. 질식할 것 같은 기세가 칼리고 남작 한 명에게 쏟아져 들어갔다. 그에 문관형인 칼리고 남작은 아랫입술을 깨물며 가늘게 떨었다.

"말장난으로 저의 목숨과 가문의 영광을 버리지는 않습니다."

그에 마틴 백작이 무섭도록 사나운 눈으로 칼리고 남작을 바라보았다. 칼리고 남작은 견디고 있었다. 이마에는 이미 송골송골한 땀이 맺히고 혈관이 도드라지면서도 자신의 신념을 투영하는 듯한 눈동자는 흔들림이 없었다.

“끄음. 알겠네. 물러가 주겠나? 잠시 생각을 해야 할 듯하
이.”

“…알겠습니다.”

칼리고 남작이 막사를 나가고, 마틴 백작과 펠릭스 자작은
말이 없었다. 그 순간이 마치 영원처럼 느껴졌다. 한참이 지
난 후 마틴 백작이 무거운 목소리로 물었다.

“어떻게 생각하는가?”

“그는 있는 사실에 충실하여 마음을 움직이는 타고난 전략
가이나, 없는 사실을 만들어내는 모사가는 아닙니다.”

“그의 말이 맞다는 것인가?”

“주군께서는 과연 마스터를 가지고 장난을 할 이가 몇이나
된다고 생각하십니까?”

“크으음.”

그러했다. 마스터는 그 자체가 가지는 무게로 인하여 장난
으로 입에 오르내릴 수 있는 존재가 아니었다. 거기에 엄청난
무위의 마법사와 기사들도 문제였다.

그들만 있어도 북부 귀족 연합은 이미 패배한 것이나 다름
없었다. 애써 외면하고는 있지만, 외면한다고 해서 현실이 부
정되는 것은 아니었기 때문이었다.

“주군께서 결정을 하셔야 합니다.”

“무엇을 말인가?”

“지금은 난세입니다.”

“알고 있네.”

간단한 말이 오갔다. 그에 무언인가를 결심한 펠릭스 자작이었다.

“제국은 무너졌고, 네 조각이 났습니다. 부정한다고 해서 현실이 아닌 것은 아닙니다. 현실을 직시하자면, 현재 동부는 밀리예프 후작이 왕위를 가질 것이고, 남부는 로드리게스 후작이 왕위를 가질 것입니다. 서부는 이미 바이큰족의 수중에 떨어진 지 오래입니다. 그러한 상황에서 과연 북부의 패자는 누가 되겠습니까? 제가 주군을 모시고는 있지만, 명명백백하게 평가한다면 패자의 재목이 아님을 알고 있습니다.”

“크으음.”

펠릭스 자작의 직실직인 평가에 안색을 굳히는 마틴 백작. 하지만 그렇다고 정면으로 펠릭스 자작의 말을 부정하지 못했다. 패자의 재목이었으면, 이미 자신은 검을 들고 일어섰을 것이기 때문이었다.

“베르누크 아이젠 자작에 대해서는 많은 소문이 있습니다. 하지만 객관적으로 드러난 사실을 말씀드리자면, 그는 변방의 겨우 2만 정도밖에 안 되는 작은, 쓰러져 가는 남작가로 시작해서, 남부에서 일어난 농민의 난을 평정했습니다. 그 와중에 적에게는 데빌 킹이라는 호칭을, 아군에게는 나이트 킹이라는 호칭을 얻었습니다. 나이트 킹, 기사 중의 기사라는 말입니다. 무엇을 의미하는지는 저보다 주군께서 더 잘 아실 것이라 생각합니다.”

“그래서 어찌하자는 말인가?”

펠릭스 자작의 말을 다 들은 마틴 백작은 짜증이 난다는 듯이 역성을 냈다. 답답했다. 가슴이 콱 막힌 것처럼 말이다.

“그의 휘하에 들어야 합니다.”

“……”

펠릭스 자작은 마지막 말을 내뱉고 눈을 감아버렸다. 가장 현실적인 살아날 방법이 바로 그것이었다. 아이젠 자작의 휘하에 들지 않고는 죽음만이 존재할 것이기 때문이었다.

마틴 백작도 그것을 알고 있었다. 하지만, 좀처럼 인정할 수 없었다. 설마, 펠릭스 자작의 입에서 무릎을 꿇으라는 말이 나올 줄은 몰랐다. 그 때문에 오히려 더 화가 났다.

펠릭스 자작에게 맹렬하게 쏟아지는 무거운 기세. 이미 펠릭스 자작은 죽음을 각오하고 있었다. 자신이 선택한 주군에게 지금 무릎을 꿇고 생명을 연장하라 강요하고 있으니 당연한 것일 게다.

마틴 백작이 일어섰다. 그리고 걸음을 옮겨 펠릭스 자작의 옆으로 다가왔다. 펠릭스 자작은 전혀 미동하지 않고 있었다. 이미 마음의 준비를 단단히 하고 있었다.

턱!

흠칫!

마틴 백작의 손이 펠릭스 자작의 어깨에 얹혀졌다. 그에 몸을 움찔 떤 펠릭스 자작의 눈이 서서히 뜨여졌다. 그리고 자신의 주군을 바라보았다.

"자네는 나의 심장이자 머리이네. 심장과 머리가 그러할진대 어찌 몸이 마다할 것인가? 그리하세."

"고, 고맙습니다. 주군!"

"아니, 아니야. 자네이기에 가능했지. 그 누구도 자네를 대신할 수는 없음이야."

그러했다. 마틴 백작은 수하의 충언을 가슴에 새길 줄 알았고, 수하는 자신의 주군에게 목숨을 걸고 올바른 길로 인도하러 하였다. 그리고 그들은 새로운 길을 개척하려 하고 있었다.

CHAPTER
08
네 개의 왕국

"퀼리고 님직이 생긱 외의 소득을 올린 듯합니다."

"그 말인즉슨?"

"아르마니 백작과 대립각을 세우고 있던 마틴 백작을 회유했습니다."

"하면, 싸우는 척하면 되는 것인가?"

"패하기도 해야 할 것입니다."

베르누크와 카림이 대화를 나누고 있었다. 이미 모든 병력이 이곳으로 모인 상태였다. 내려오는 길을 제외하고는 삼면을 에워싸 만반의 준비를 하고 있었기에 그리 큰 걱정은 없었다.

칼리고 남작 덕에 이미 적들의 병과 편성이라든가 이동 경로 등 모든 것을 속속들이 알고 있다. 적은 우리를 모르고, 우리는 적을 아니 이미 이 전투는 이긴 것이나 다름없었다.

그러한데 칼리고 남작이 또 다른 좋은 소식을 전해주고 있었다. 마틴 백작이라면 베르누크도 이미 알고 있는 귀족이었다. 그 성정이 담백하여, 위아래로 그를 따르지 않은 이가 없을 정도라는 자였다.

하나, 그는 야망이 없었다. 자신의 영지를 벗어나지도, 누군가 자신의 영지를 들어오는 것도 싫어했다. 하나 아르마니 백작과 인접한 영지임으로 인하여 북부 귀족 연합에 참여하게 된 귀족이었다.

"그럼 우리도 슬슬 움직이도록 하지. 그리고 마틴 백작의 편으로 마법사 10명과 기사 50을 지원하는 것이 좋을 듯하군."

"명!"

진지가 갑자기 부산해졌다. 이미 명이 내려졌기에 이동 준비를 해야만 했다. 움직이는 병사들과 기사들의 표정에는 전투에 대한 두려움보다는 반드시 이기고야 말겠다는 필승의 자신감이 어려 있었다.

부산하게 움직이는 기사들과 병사들을 바라보고 있는 베르누크의 곁으로 레너드가 기사와 마법사를 대동하여 나타났다.

"경이 이번 작전을 주도하겠는가?"

“제가 아니면 누가 가겠습니까?”

“믿겠네.”

“충!”

마지막 군례를 올린 레너드가 기사와 마법사를 인솔하여 마틴 백작이 있는 군영으로 내달렸다. 만약 칼리고 남작이 배신한 것이라면, 죽으러 가는 것과 다르지 않을 길이었다.

그러함에도 불구하고 레너드는 그러한 일을 자원했고, 베르누크는 그것을 승인했다. 둘 사이에 깔린 굳은 신뢰라 아니라면, 혹은 베르누크에 대한 굳은 신뢰가 아니라면 있을 수 없는 일이라 하겠다.

“잘 해내겠지?”

“그가 누구입니까? 바로 불의 마왕 레너드 베인 경입니다. 그를 다치게 할 자가 과연 존재할지가 의문입니다.”

“말은 참 잘해.”

“허허허. 말을 잘하는 것이 아니라 현실을 말씀드린 것뿐입니다.”

카림의 너털웃음에 그를 따라 피식 웃어버리는 베르누크였다. 레너드는 마스터였다. 가히 일인 군단이라 할 수 있는 마스터 말이다.

선봉군이 아무리 많다 하나, 1만을 넘지 않을 것이다. 거기에 익스퍼트 이상의 기사 50명에 3~4서클 마법사 10명이다.

그 전력이라면 그들이 어떠한 꼼수를 부린다 하여도, 충분히 몸을 뺄 수 있을 것이다.

"준비되었으면 출발하도록 하지."

"주군의 뜻대로!"

카림이 뒤를 보며 고갯짓을 했다. 그것을 본 기사가 외쳤다.

"출바알! 출발하라!"

둥! 둥! 두둥! 뿌~ 뿌우~

전고가 울렸고, 뿔나팔이 울었다. 그에 오와 열을 맞춘 기사들과 병사들이 차례로 주둔지를 나섰다. 그 모습이 자못 장관이어서인지, 혹은 자신이 새로운 뜻을 세워서인지 조금은 감개한 눈으로 그러한 광경을 지켜보고 있는 베르누크였다.

'친구여! 부디 성공하여 무사 귀한 하길 바라네!'

그 와중에 베르누크는 작전을 위해 멀리 떠나간 친구의 안전을 바라고 있었다. 그러한 베르누크의 염려를 아는지 모르는지 레너드는 힘차게 말을 몰아 마틴 백작의 진영으로 나아갔다.

마틴 백작의 진영은 그리 멀지 않은 곳에 위치해 있었다. 대략 1만 정도의 병력으로 기사와 병사들의 진영을 꾸리고, 경계를 서는 모습이 자못 질서정연하여 한눈에 보기에도 정병임을 알 수 있었다.

"멈춰라!"

이히히히힝!

　레너드가 말고삐를 잡아채자 애마가 앞발을 들어 크게 울음을 터뜨렸다.

"소속을 밝혀라!"

"베르누크 아이젠 자작을 섬기고 있는 기사 레너드 베인이라 한다."

　그에 경비병이 화들짝 놀랐다. 이미 알고 있었다는 것을 의미했다. 그러해서인지 급급하게 목책을 치우고, 절도있게 레너드 일행을 맞이했다.

"오신 것을 환영합니다. 곧 있으면 경비대장께서 오실 것입니다."

"기다리지."

　이것은 예의다. 적이 아님에 굳이 서두를 필요조차 없음이니, 적의 체면을 세워주는 일이었다. 모든 것은 첫 대면이 중요하다. 오로지 검과 창이 부딪혀야만 강한 인상을 주는 것은 아니었다.

　조금의 시간이 지나자 얼굴이 네모나고 햇볕에 보기 좋게 그을린 기사가 뛰어왔다. 그가 레너드와 일행의 안내를 자청하였다. 그에 가볍게 고마움을 전하고, 기사의 뒤를 따랐다.

　이윽고 어느 정도 진의 중앙에 가까워오자 하마할 것을 권했고, 레너드와 그 일행은 기사의 권유대로 하마하여, 백작의 인장기와 총사령으로서의 지휘관기가 나부끼고 있는 막사로 걸어갔다.

'훌륭하군.'

그러면서도 레너드는 주변을 살피는 것을 게을리 하지 않았다. 말 그대로 훌륭했다. 물론 아이젠 자작가의 정병에 비하면 손색이 있으나, 훈련으로서 이 정도까지 단련시킨다는 것은 정말이지 훌륭하다는 말밖에 할 수 없었다.

막사 밖에는 기골이 장대하고 멋들어진 수염을 기른 이와 문관으로 보이는 두 명의 귀족이 나와 있었다. 그중 한 명은 레너드도 익히 아는 얼굴이었다. 바로 칼리고 남작이었다.

"어서 오시오."

"환대해 주셔서 고맙습니다."

"자~ 안으로 드십시다."

자연스러웠다. 설명을 하지 않고, 자신의 소개를 하지 않아도, 그가 누구인지 단박에 알 수 있었다. 바로 마틴 백작과 문관 귀족으로 보이는 자는 그의 군사인 펠릭스 자작일 것이었다.

마틴 백작은 상당히 호의적인 태도를 보였다. 그는 천생 기사라 할 수 있는 자였다. 검에 살고, 검에 죽을 정도인 기사 말이다. 그러한 자가 불의 마왕이라 불리는 마스터를 보았으니 당연히 호의적일 수밖에 없을 것이다.

"그 위명이 쟁쟁한 불의 마왕을 보게 되어서 기쁘오. 알고 있겠지만 본 작은 프랭크 마틴이오. 그리고 이 친구는 본 작의 머리라 할 수 있는 그라데인 펠릭스 자작이오."

마틴 백작이 간단하게 자신과 펠릭스 자작을 소개했다.

"아시다시피 불의 마왕이라 불리는 아이젠 자작가의 총 기사단장 레너드 베인입니다. 이분은 아이젠 자작가의 마법 병단 중 제1 마법 병단의 병단장을 맡고 있는 테일러 로트너 경이고, 5서클 마스터입니다."

"오~ 그렇소? 반갑소."

"뵙게 되어 영광입니다. 소개받은 제1 마법 병단의 병단장인 테일러 로트너입니다."

마틴 백작과 펠릭스 자작은 자못 놀라고 있었다. 말로만 들었던 마법 병단이 실제로 존재하고 그 마법 병단의 병단장이 황실 부마탑주와 다르지 않은 5서클 마스터라는 사실에 말이다.

"놀랍소. 총 기사단장인 베인 경과 제1 마법 병단장인 로트너 경을 보니 아이젠 자작의 군세가 어떠할지는 짐작이 가오. 하나, 지금 우리에게 당면한 상황이 결코 좋은 상황만은 아니오.

본 작은 아르마니 백작의 선봉이고, 그대들은 적으로 있는 아이젠 자작가의 가신들. 필히 전투를 거칠 수밖에 없을 것이오. 저들의 눈을 속일 방도가 없다면 말이오."

단도직입적으로 해결 방안을 물어오는 마틴 백작의 목소리에는 근심이 깔려 있었다. 아르마니 백작을 기만해서 끌어들여야 하는 작전 자체는 매우 훌륭하나, 그를 끌어들일 방법이 쉽지 않았기에 하는 말이었다.

그것을 이미 짐작하고 있는 레너드였다. 고개를 주억거리던 레너드가 품속에서 무언가를 꺼내 들며 입을 열었다.

"이것을 보아주시겠습니까?"

그렇게 말하면서, 동의도 구하지 않은 채로 품속에서 꺼내든 단검을 가차없이 회의용 탁자에 쑤셔 넣었다. 자루만 남기고 단검이 그대로 탁자에 깊숙이 박혀 버렸다.

"아니, 이게 무슨 짓이오!"

뒤늦게 버럭 역성을 내는 펠릭스 자작이었다. 주군의 앞에서 단검을 꺼내 든 것도 불경이거늘, 그 단검으로 회의용 탁자에 주인의 허락도 없이 박아버리다니 있을 수 없는 일이었다.

그에 레너드는 무엇이 그리 좋은지 희미하게 웃음을 띠더니 박힌 단검을 뽑아 들었다. 그런데, 단검이 모두 뽑혀져 나오고 보니 탁자에 단검이 박힌 자국이 없었다.

"이, 이게 무슨……."

"잘 보십시오."

그러더니 왼 손바닥을 펴 단검을 푹 찔렀다.

"어허. 무, 무슨 짓을……."

하지만 마틴 백작은 더 이상 말을 잇지 못했다. 단검의 검신이 밀려 들어가고 있었다. 기상천외한 현상에 그저 눈을 부릅뜨고 있을 수밖에 없었다.

그다음 광경에서는 입을 벌릴 수밖에 없었다. 단검으로 손목을 그었다. 하지만 여전히 피 한 방울 나지 않았다. 잘리지도 않았고 말이다.

"이게… 어찌된 일이오?"

"간단한 눈속임입니다."

"눈속임?"

레너드의 눈속임이라는 말에 해연히 놀라 되묻는 마틴 백작이었다. 그때 눈을 반짝이며 펠릭스 자작이 물었다.

"많이 있습니까?"

"귀 영지군을 모두 무장시킬 정도는 있습니다."

펠릭스 자작은 대충 레너드가 무슨 말을 하는 알 수 있었다. 바로 지금 보여준 무기로 전투를 하면 되었다. 패퇴하는 적을 쫓아 들어가는 척하여, 후방의 아르마니 백작군을 끌어들이고, 뒤에 남은 마틴 백작의 영지군은 아르마니 백작의 후미를 잡는다.

"하면, 패퇴하는 귀 영지군을 쫓으면 되겠습니까?"

"죽은 병력은 뒤를 잡아야 하지 않겠습니까?"

레너드와 펠릭스 자작의 말에 어리둥절하던 마틴 백작이 답답하다는 듯이 입을 열었다.

"대체 무슨 말인가?"

"아! 작전을 설명 드리겠습니다."

펠릭스 자작이 웃음을 띠자, 마틴 백작도 적잖이 흥분을 가라앉히고 주억거렸다.

"아이젠 자작의 작전은……."

펠릭스 자작은 자신이 예상한 작전을 차근차근 설명했다. 레너드는 추가 설명할 부분만 조금 살을 붙였다.

확실히 펠릭스 자작은 뛰어난 인물이었다. 그 자그마한 단서로 작전의 요체를 한줄기로 꿰어버린 것이었다.

펠릭스 자작의 설명이 거듭될수록 마틴 백작의 표정은 놀람에서 경악으로, 경악에서 감탄으로 변해갔다.

"허어~ 실로 대단한 작전이구려. 그러한 기물과 이러한 작전을 계획한 귀 영지의 군사는 실로 인간의 두뇌를 넘어선 듯하오."

마틴 백작은 흡족한 표정을 지었다. 완벽했다. 적은 속지 않을 수 없을 것이었다. 찔러도 찔리지 않고, 베어도 베이지 않는다. 이렇게 가까이서 보아도 실제와 같이 느껴지거늘, 멀리서 지켜보는 이는 어떠할 것인가?

마틴 백작은 절로 흥이 나고 웃음이 지어졌다. 이번 작전이 성공하고, 낭패하여 얼굴을 일그러뜨리는 아르마니 백작을 생각하자니 절로 흥이 나고 웃음이 날 수밖에 없었다.

"좋소. 모든 준비를 완료하고, 곧바로 작전에 들어가도록 합시다."

"명을 따르겠습니다."

＊　　＊　　＊

둥! 두웅! 두둥!

뿌! 뿌우! 뿌뿌우!

벨라톤 지역의 드넓은 평야. 아니, 평야라고 하기에는 좌우로 조밀조밀한 산이 있어 들고 나는 조금 넓은 길목을 제외하고는 산으로 둘러싸인 분지라고 해야 할 것이다.

그곳에 아침부터 전고와 함께 뿔나팔 소리가 울려 퍼지고 있었다. 수많은 병사가 기치장검을 들고 오와 열을 맞추고 있었고, 기사들은 잘 손질된 무구와 방어구를 조이고 말에 올랐다.

바로 아르마니 백작군의 선봉인 마틴 백작과 아이젠 자작군의 선봉인 테레지이 남작의 일전이 시시각각으로 다가오고 있었다.

준비하고 서로 노려보기를 10여분.

"북부 귀족 연합의 선봉군! 준비되었는가?"

"충!"

"적 앞에서 그 무서운 힘을 발휘할 수 있는가?"

"추웅!"

"전구운! 돌겨어억!"

"돌겨어억!"

“우와아아아~”

　기다리기 지루했던 탓인지 마틴 백작의 커다란 외침으로 기사들과 병사들의 사기를 북돋운 후 곧바로 진격 명령을 내렸다. 일정한 틀이 있는 것도 아니었다. 경기병의 돌격도, 기사의 돌파도 없었다.

　가장 선두에 마틴 백작이 서고, 기사가 서고, 경기병이 서고, 병사들이 서 일제히 아이젠 자작 영진군을 향해 돌격해 들어갔다.

　그 광경이 자못 대단하였으나, 아르마니 백작은 얼굴을 있는 대로 찡그렸다.

　“저런저런. 저렇게 하라고 선봉을 맡긴 것이 아니거늘.”

　“나쁘지 않습니다. 성공한다면 북부 귀족 연합군의 위용을 저들에게 각인시킴이요, 실패한다면 정적을 제거함과 동시에 적의 수를 줄일 수 있으니 마틴 백작의 저러한 무모한 진격이 오히려 득이 될 수 있을 것입니다.”

　“옳거니. 정녕 그러하구나.”

　아르마니 백작은 무릎을 탁 치며, 몰도바인 자작의 말에 기쁨의 경탄성을 내었다. 확실히 좋은 방법이다. 그리고 패배할 경우, 자신의 너그러움을 강조하기 위하여 전군을 몰아 사방의 적으로 에워싸인 마틴 백작을 구해내면 확실하게 모든 귀족을 휘어잡을 수도 있으리라.

그렇게 전장의 상황을 보며 아르마니 백작과 주변의 귀족들이 두런두런 대화를 하는 사이 전투는 막바지로 치달았다.

한데, 상황이 상당히 안 좋았다.

마틴 백작은 여전히 살아 있지만, 선봉군의 대부분이 쓰러져 있었다. 그것은 적 또한 다르지 않아 여기저기 널브러져 있는 상황이었다. 상황을 보아하니 일거에 군을 몰아친다면, 적을 대파할 수 있을 것 같았다.

"어떠한가?"

"예상보다 적의 방비와 후군이 허술합니다. 이 기회를 놓치면 어렵지 않을까 합니다."

그에 아르마니 백작은 마상에 올라 검을 뽑아 들고 외쳤다.

"지리멸렬한 적들이 눈앞에 있다. 죽어가는 적들을 보고 있음에 딘빅에 목줄을 끊어 그 고통을 세거해야 할 것이다. 준비되었는가?"

"추웅!"

드넓은 분지에 북부 귀족 연합군의 커다란 외침이 울려 퍼졌다. 그들에게 있어 이미 승리는 따놓은 당상이었다. 하니, 사기가 오르지 않을 수 없었다.

"되었다. 전구운! 돌겨어억!"

"돌겨어억!"

"돌격하라!"

가장 먼저 보병들이 내달렸다. 그들은 크게 함성을 지르고, 들고 있는 북을 치고, 각 영지를 상징하는 인장기를 휘날리며, 거침없이 분지를 가로질렀다.

그 뒤를 서서히 경기병과 기사들이 따랐다. 출발은 느렸으나, 이내 말의 배를 차며 가속시켰고, 병사들의 함성과 지축을 뒤흔드는 굉음에 빠르게 피가 돌며 격정적인 모습으로 변해갔다.

"후퇴! 후퇴하라~"

아르마니 백작이 이끄는 북부 귀족 연합군의 저돌적인 돌격에 겁을 먹어서인지, 아니면 많은 수의 병력을 잃어서인지 테레지아 남작은 지체없이 후퇴를 명하였다.

"후퇴하라! 후퇴하라!"

"이놈들, 어디를 가느냐!"

"적들을 주살하라!"

"달려라! 달려! 달려가 적들의 목줄을 끊어라!"

아이젠 자작가의 영지군이 후퇴하자 그렇지 않아도 피가 빨리 돌던 북부 귀족 연합의 모든 병력은 소리 높여 외치며, 그들을 쫓아 거침없이 내달렸다.

"와하하하하! 북부 연합 놈들. 꼴 보기 좋다! 어찌하여 싸워보지도 않고 달아나느냐! 돌격! 돌격하라! 모조리 쓸어버려라!"

아르마니 백작은 한껏 고조된 기분으로 말안장에서 벌떡

일어나 검으로 전방을 가리키며 커다란 함성을 질러댔다. 그에 기사와 병사들 역시 잡힐 듯하면서도 여전히 잡히지 않는 북부 연합군의 꽁무니를 죽어라 쫓아 달렸다.

거의 30만에 달하는 병력이 한꺼번에 몰려들었다. 그 무서운 기세에 선봉군을 제외하고 거의 6만이 넘어가는 본진 역시 부리나케 후퇴를 준비했다.

"적이 도망가려 한다! 달려라!"

"놓쳐서는 안 된다! 적을 주살하라!"

"후퇴! 후퇴하라!"

테레지아 남작이 본진에 닿을 즈음, 베르누크는 후퇴를 연신 외치기 시작했다. 무려 6만이다. 그러한 병력이 갑자기 후퇴할 경우 굉장한 혼잡이 일어나야만 했다.

한데 전혀 그렇지 않았다. 허둥지둥거리면서 플레이트 메일도 제대로 입지 않고, 혹은 병장기를 떨쳐 놓고 후퇴하는 그들의 모습은 혼잡한 와중에 질서정연하기 이를 데 없었다.

일부는 산으로, 일부는 관도로, 일부는 병장기를 버리고 그대로 땅에 주저앉아 손을 높이 쳐들기도 했지만, 분명 그 행위에는 질서가 있었다. 하지만 허둥대면서 도망가는 적들의 모습에 쾌감을 느끼고 있던 북부 귀족 연합은 그것을 보지 못했다.

가장 선두에 서서 거의 적의 꼬리를 잡으려는 그 순간이었다. 정신없이 도망가던 적이 갑자기 반전하여 자신들에게 달려오고 있었다. 하지만 그때마저도 북부 귀족 연합은 모르고 있었다.

"와하하하! 이제는 막다른 골목이로구나! 도망치지 못한 생쥐로다! 무서워할 것 없다! 모조리 도륙하라!"

가장 선두에서 외치는 귀족은 바로 북부 귀족 연합군에 소속된 포그패리 자작이었다. 그의 생김새는 기사다운 모습이었으나, 눈밑으로 깔린 검은색의 다크서클은 그의 전체적인 인상을 음침하게 만들었다.

쉬이이이익!

그때 날카로운 파공성이 들려왔다. 앞만 보고 달려가던 포그패리 자작은 불현듯 이상한 느낌이 들었다. 무언가 오싹한, 그러한 느낌이었다. 그때 그의 눈에 뜨인 것은 자신의 코앞까지 다가온 장창 한 자루였다.

콰지지직!

"크아아아악!"

장창이 포그패리 자작의 심장을 그대로 관통하고, 뒤따라 달려오던 기사 셋을 한꺼번에 꼬치처럼 관통해 버렸다. 포그패리 자작을 제외하고 세 명의 기사는 비명조차 없었다.

쿠우웅!

네 명이 한꺼번에 말에서 떨어져 내렸다. 그와 동시에 사방에서 들려오는 소리가 있었다. 그 소리란 아군의 소리가 아닌 바로 적군. 지금까지 꽁지가 빠져라 도망치던 아이젠 자작의 영지군이었다.

"파하하하하! 내가 바로 투마왕 제이 브레이커다!"

산의 좌측에서 커다란 영주의 인장기를 한손으로 휘두르는 거구의 사내, 바로 제이 브레이커였다.

그만 있는 것이 아니었다. 그의 옆에는 좌군 군장으로 갔던 크라베이더 남작과 브레이번 자작까지 있었다.

"어디를 함부로 넘보느냐! 여기는 아이젠 자작의 영지이다. 내가 바로 뇌격왕 베르함 헤르메스다!"

산의 우측에서는 우군 군장기와 함께 스틸러스 남작과 아드리안 남작이 7만 5천에 이르는 대군을 이끌고 거침없이 쏟아져 들어왔다.

서기서 끝이 아니었다. 전면에서는 또 하나의 거대한 힘이 실체화되고 있었다.

"기사들의 왕! 나 베르누크 아이젠이 명하노니! 적을 섬멸하라!"

"추웅!"

베르누크의 곁에는 어느새 정신없이 도망가던 테레지아 남작과 보이지 않던 롬멜 백작, 그리고 베르누크의 수신호위 바티스타 경이 자리하고 있었다. 그의 뒤를 충성스러운 기사단이 받치고 있었으며, 좌우 산봉우리 정상에서는 마법사들이 마법을 영창하고 있었다.

"모든 힘의 근원이여, 빛을 발하며 타오르는 붉은 화염이여, 위대한 그대의 힘을 나를 통하여 현신시키라! 파이어 필드(Fire Field)!"

"자연의 분노함에서 태어난 떨어져 내리는 빛이여, 그 분노함을 나를 통하여 현신시키라! 체인 라이트닝(Chain Lightening)!"

"하늘과 대지를 가로지르는 힘이여, 잔잔하게 그리고 광폭하게 흘러, 나의 손에 모여 그대의 힘을 보여라! 윈드 커터(Wind Cutter)!"

허리가 잘린 아르마니 백작이 이끄는 북부 귀족 연합군의 한가운데로 마법이 쏟아져 들어왔다. 대부분이 2서클 내지 3서클의 마법이었으나, 모두 범위 마법이어서 그 효과는 실로 대단하였다.

"마, 마법이다."

"비, 비켜! 비키란 말이닷!"

"끄허어억! 부, 불 좀 꺼줘~!"

"으허억! 내, 내 팔이, 내 팔이~!"

사방에서 비명이 터져 나오는 가운데 아르마니 백작은 우두커니 서 있었다. 그의 얼굴은 얼이 빠진 듯 그저 입만 벙긋거리면서 아무 말도 못하고 있었다. 그것은 그의 참모장인 몰도바인 자작 역시 다르지 않았다.

"이, 이건… 꾸, 꿈이야."

멍한 표정으로 꿈이라는 말만 되풀이하는 아르마니 백작과 몰도바인 자작.

"…각하. 정신… 오!"

"으, 음?"

누군가가 자신을 부르며 팔을 잡고 흔들자 아르마니 백작이 그제야 멍한 상태에서 깨어났다. 그런데 아직도 완전히 헤어나지 않은 것인지 주변의 비명 소리는 아랑곳하지 않고, 팔을 잡힌 곳이 아팠던지 그곳을 어루만지기만 했다.

"각하! 명령을!"

"아! 명령!"

아르마니 백작이 서우 정신을 차렸다. 다시 바라보는 전장은 그야말로 아비규환. 사방에서 쇄도해 오는 북부 연합군에 의하여 오합지졸처럼 깨어져 나가고 있는 북부 귀족 연합군이었다.

"후, 후퇴를."

"후퇴하라! 후퇴하라!"

명을 받은 기사는 득달같이 사방을 향하여 외쳤다. 그 명은 전쟁의 아비규환 속에서도 전달되어 북부 귀족 연합군은 목이 터져라 후퇴를 외치며 물러나기 시작했다.

하지만 나아갈 때만큼이나 질서정연해야 하는 것이 물러날 때이다. 그러한데, 지금 북부 귀족 연합은 질서정연은 둘째치고, 서로가 자기편을 우격다짐으로 제치며 도망에만 급급했다.

그에 서로 엉키고 엉키어, 후퇴를 해야 하는지 아니면 전진을 해야 하는지 모를 정도가 되었다. 그 참상을 지켜보던 기사는 이내 아르마니 백작의 곁으로 다가와 그를 호위했다.

“제가 뚫겠습니다. 저를 따르시지요.”

“고, 고맙네.”

재빠르게 기사의 뒤를 따르자 그 기사를 따르는 일단의 병사가 아르마니 백작을 호위하면서 길을 열었다. 하지만 그것마저도 쉽지가 않았다. 첩첩이 쌓인 것이 인의 장막이었기 때문이었다.

“비켜라! 비키라 했다!”

앞에서 길을 여는 기사는 아군이든 적군이든 가리지 않고 거치적거리는 모든 것을 베어 넘겨 버렸다. 그에 자연스럽게 그 길이 열렸다. 한숨을 몰아쉰 아르마니 백작은 힐끗 뒤를 바라보았다.

“헙!”

하지만 이내 놀라 헛바람을 들이킬 수밖에 없었다. 수많은 병사와 기사들을 제치고 자신을 향해 일직선으로 무섭게 쇄도하고 있는 베르누크를 본 것이었다.

그 모습이 어찌나 흉흉하고 무섭던지, 저도 모르게 몸을 떨고 헛바람을 들이삼켰다. 다급한 마음에 홱 소리가 나도록 고개를 돌려 자신을 호위하는 기사를 재촉했다.

"부, 부시 경. 빠, 빨리!"

아르마니 백작의 외침에 부시 경이라 불린 기사의 기세는 더욱더 광폭하게 변해갔다. 거치적거리는 모든 것을 쓸고 지나갔다. 그 무서운 기세에 북부 귀족 연합의 병사들조차 몸을 사려 길을 열었다.

한참을 그렇게 후방으로 내달리는데 갑자기 전면에서 커다란 함성이 들려왔다.

"와아아아~"

고개를 들어 앞을 바라보던 아르마니 백작은 눈을 번쩍 뜨고야 말았다. 선봉을 맡겼던 마틴 백작이었다. 그에게 딸려 보냈던 칼리고 남작과 펠리스 자작마저도 살아 있었다.

"오오~ 마틴 백작이로구나. 살았구나. 살았어!"

기쁨에 젖어 아르마니 백작은 말에 채찍을 더욱더 가해 빠르게 마틴 백작이 있는 곳으로 달려갔다. 한데 가까이 가면 갈수록 이상한 느낌이 들었다.

분면 마틴 백작의 선봉군은 거의 전멸에 가까운 타격을 입었었다. 그런데 다시 보니 병력의 수가 처음 출발할 때 선봉군의 수와 비슷해 보였다. 더군다나 다친 병사들이나 다친 기사들조차 없었다. 그리고 결정적으로 한 번도 보지 못한 기사들이 마틴 백작의 옆을 호위하듯 에워싸고 있었다.

하지만, 지금 아르마니 백작은 그러한 세세한 것까지 신경 쓸 여유가 없었다. 다만 '어떻게 살아남았지?' 하는 생각이 잠깐 스쳐 지나갔을 뿐이었다.

깊은 생각을 하기에는 뒤에서 자신을 향해 무서운 기세로 쫓아오는 베르누크의 기세가 너무도 강했다.

"마, 마틴 백작!"

마틴 백작의 군사와 거의 맞닿을 즈음 아르마니 백작은 반갑게 마틴 백작을 불렀다. 반가웠다. 미치도록 반가웠다. 정적이고 뭐고 간에 지금 이 순간에는 그만이 이 난국을 헤쳐 나갈 수 있는 유일한 출구이기에 말이다.

하지만 조금 이상했다. 무표정하게 아르마니 백작을 바라보면서 손짓을 하니, 기사들과 병사들이 아르마니 백작의 주변을 둘러쌌다. 이에 당황한 아르마니 백작이 외쳤다.

"마, 마틴 백작! 나요. 나! 아르마니 백작이란 말이오!"

"알고 있소."

"한데 왜?"

아르마니 백작은 물었다. 지금 상황은 분명히 자신과 기사들을 호위하기 위한 대형이 아닌, 자신과 기사들을 포위하는 진이었기 때문이었다. 자신들을 향해 날카로운 창끝과 검끝이 겨누어져 있음을 모르지 않았으니 당연히 포위 진형이었다.

하지만 그 이유를 곧 알 수 있었다. 바로 한 기사의 소개로 인해서 말이다.

"반갑소. 아르마니 백작. 난 베르누크 아이젠 자작가문의 총 기사단장 레너드 베인이라 하오."

"허억! 아이젠 자작가?"

"총 기사단장 레너드 베인!"

"불의 마왕!"

아르마니 백작과 몰도바인 자작, 그리고 그들을 호위했던 기사 중 일인이 차례대로 목구멍에서 심장이 튀어나올 정도로 놀라고 말았다.

아르마니 백작은 분노에 찬 목소리로 외쳤다.

"네, 네 이놈. 마틴 백작! 네, 네놈이 배신을 하다니. 어찌 이럴 수가!"

하지만 마틴 백작의 말에 오히려 더 당황해하며 아무런 말도 할 수 없게 된 아르마니 백작이었다.

"흥! 배신? 이것이 어찌 배신이라 할 수 있는가? 단순히 정적이라는 이유만으로, 자신이 모든 지휘권을 가지지 못했다는 이유만으로 허울 좋은 선봉을 맡긴 이가 누구이던가? 또한 북부 귀족 연합을 이끌어 그 수장이 되었을 때 외쳤던 북부를 위해서라는 그 대명제는 대체 어디 있다는 말인가? 권력 싸움이 난무하고, 자신보다 나은 자는 가차없이 제거하는 것이 북부를 위해서인가? 아니면, 병사들을 강제로 징집하여 화살받이로 사용하기 위해 방패도 없이, 별다른 방어구도 없이 전선으로 끌고 가는 것이 진정 북부를 위해서인가? 말을 해보라. 그것이 진정 북부를 위해서인지!"

실로 그러했다. 북부 귀족 연합은 본래 천대받고 괄시받는 북부인을 위해 거국적으로 귀족들을 모았다. 그 취지가 북부 귀족들의 가려웠던 등을 시원하게 긁어 주었기 때문이었다.

하지만 북부 귀족 연합은 시작부터 삐걱거렸고, 서로 견제하기 시작했으며, 편 가르기를 행했다. 권력을 가지려 시기하고 질투했으며, 회유하고 협박을 했다.

또한, 병력을 징집함에도 그 불공정성이 이미 널리 퍼져 있었다. 북부 귀족 연합에 포함된 절반 이상의 병사들은 농노나 집에서 허드렛일을 보는 노예들이었다.

한마디로 칼 한 번 찔러보지 못한 자들이었고, 창 한 번 휘둘러 보지 못한 자들이 절반이 넘는다는 것을 의미했다. 자신들의 병사를 아끼기 위해 각 영지의 사정을 허위 보고하는 것은 기본이었으니 말이다.

그에 뜻이 있는 북부 귀족 연합의 귀족들은 마틴 백작 휘하로 몰려들었다.

“이대로는 아니 됩니다.”

“그렇습니다. 진정 북부가 다시 태어나려 한다면 이대로는
절대 아니 됩니다.”

귀족들의 한결같은 목소리였다. 하지만 그들은 소수였다.
진정 귀족들의 노블리스 오블리제를 실행하는 귀족들이 당대
에 있어 몇이나 될까? 그것이 북부라 해서 달라질 것은 없었다.

마틴 백작이 아르마니 백작에게 등을 돌려, 베르누크에게
몸을 의탁하고자 하는 것도 바로 이러한 이유에서였다. 이미
자신의 군사장인 펠릭스 자작으로부터 충분히 들었고, 아이
젠 자작가의 총 기사단장인 베인 경을 통해서도 직접 들을 수
도 있었음이니 망설일 이유는 없었다.

“그리하여 본 작은 결정했다. 진정 북부를 맡아야 할 귀족
은 아르마니 백작 그대가 아니라, 비록 자작의 신분이나 모든
귀족이 스스로 머리를 숙이는, 진정한 기사들의 왕인 베르누
크 아이젠 자작이라는 것을 말이다.”

“네, 네놈이… 네놈이……!”

눈을 부릅떠서인지 아니면 마틴 백작의 배신 때문에 분노
가 머리까지 치밀어서인지 어느새 아르마니 백작의 눈은 시
뻘겋게 변해 있었다. 그리고 손가락으로 마틴 백작을 가리키
며 연신 네놈이라는 단어만 반복했다.

그때였다.

쉬아아악!

콰직!

무언가 번개처럼 날아와 부들부들 떨고 있는 아르마니 백작의 발치에 와 박혔다. 그것은 다름 아닌 베르누크의 할버드였다. 멀리 떨어져 있음에도 불구하고 베르누크의 할버드에는 여전히 새하얀 오러 블레이드가 전개되고 있었다.

"오, 오러…… 블레이드!"

"기사의 왕! 나이트 킹!"

뚜걱! 뚜걱! 뚜걱!

베르누크가 말을 천천히 몰아 다가왔다. 그때까지 그 누구도 베르누크를 가로막으려 하지 않았다. 은연중에 기사들은 고개를 돌렸고, 혹자는 눈을 회피했다.

그야말로 절대자의 신위라 할 것이었다. 아주 자연스럽게 패왕의 기도가 베르누크의 몸에서 솟아나오고 있었다. 그에 마틴 백작은 온몸을 떨며 감격해했다.

"오오~ 드디어! 캐슬브룩의 기사 프랭크 마틴이 주군을 뵈오이다."

너무도 갑작스런 마틴 백작의 행동에 오히려 당황한 것은 레너드와 그의 군사장인 펠릭스 자작이었다. 베르누크의 눈이 마틴 백작에게로 향했다. 그는 손을 들어 아르마니 백작의 앞에 꽂혀 있는 할버드를 회수했다.

베르누크는 마상에 앉은 그 자세 그대로 마틴 백작의 양 어깨를 가볍게 치고 정수리에 할버드를 대어 크게 외쳤다.

"적 앞에서 두려워하지 말라.
용감하고 곧게 서라. 신은 그대를 사랑할 것이다.
항상 진실만을 말하라. 그것이 죽음으로 이끌지라도.
약자를 보호하고, 그릇된 일을 하지 말라.
그것이 너의 맹세이다.
그리하여 프랭크 마틴, 그대는 나의 기사이다."

"추웅!"
기사 서임을 받아 주군을 섬기게 된 프랭크 마틴 백작. 그가 감격에 겨워 여전히 굳은 자세로 있을 때 베르누크는 그에게 명을 내렸다.
"나의 기사 프랭크 마틴이여! 그대의 힘으로 이 전쟁을 끝을 내라!"
"주군의 뜻대로!"
말에 훌쩍 올라탄 마틴 백작이 마상 장검을 꺼내 들었다. 그리고 아직도 정신을 차리지 못하고 멍하게 마상에 앉아 있는 아르마니 백작의 목에 검끝을 들이댔다.
"들었는가? 나는 이미 베르누크 아이젠 자작가의 기사가 되었다. 항복한다면, 그대의 목숨을 구할 것이다.”

차갑고 섬뜩한 느낌에 아르마니 백작이 퍼뜩 정신을 차렸다. 하나 이미 모든 상황은 끝이 났다. 그에 아르마니 백작은 툭하니 자신의 손에 쥐고 있던 검을 바닥에 던지며, 힘없는 목소리로 말했다.

“…졌소. 항복하겠소.”

“모두 들었는가? 북부 귀족 연합의 수장 아르마니 백작이 검을 던졌다. 살고 싶은 자 무기를 버리고 항복하라!”

마틴 백작의 외침을 받아 모든 기사가 우렁차게 외쳤다. 그에 죽음의 문턱 앞으로 달려가던 병사들은 병장기를 버리고 항복을 외쳤다. 일부 귀족과 기사들은 끝까지 항쟁하고자 하였으나, 이미 모든 상황이 그들의 힘만으로는 어찌해 볼 도리가 없을 정도로 진행되어 있었다.

이윽고 모두가 항복을 하자 베르누크는 할버드는 높이 쳐들고 커다랗게 외쳤다.

“보았는가? 우리는 승리했다. 승리의 함성을 지르라!”

“우와아아아~ 승리했다!”

“베르누크 아이젠 자작님 만세!”

“북부 연합 만세!”

“충!”

영지전의 승리.

그것은 북부의 새로운 도약을 뜻했다. 수많은 북부의 귀족들이 북부의 신흥 강자, 아니, 북부의 새로운 패자인 베르누크 아이젠 자작가로 몰려들었다.

베르누크 아이젠 자작은 이미 자작이 아니었다. 그는 동부와 남부, 그리고 서부와 같이 한 지역을 다스리는 패자가 되었다. 스스로 왕좌에 오르지는 않았으나, 그가 북부의 진정한 왕이라는 것을 부정하는 이는 아무도 없었다.

"이제는 더 이상 미룰 수 없게 되었습니다."

카림은 좌중을 둘러보며, 진중하게 입을 떼었다. 그가 둘러보는 좌중에는 레너드를 비롯해 카이시스 라이너 마냅주, 봄멜 백작, 크라베이더 남작, 브레이번 자작, 테레지아 남작, 아드리안 남작, 스틸러스 남작 등 아이젠 남작가를 지지하거나 실질적으로 움직이는 이가 모두 모여 있었다.

그 인원만으로도 넓디넓은 대회의장이 꽉 들어찰 정도였다. 얼추 일백여 명이 넘는 대인원이었으나, 누구 하나 입을 여는 자가 없었다. 그들의 얼굴에는 기대와 긴장이 함께 나타나 있었다.

그중 가장 눈에 띄는 인물은 바로 구데리안 공작이었다. 그는 현재 아무런 직책도 없었다. 그의 호칭은 여전히 구데리안 공작이었으나, 그것은 과거의 잔재에 불과했다. 어찌 보면 새롭게 탄생하고자 하는 이 아이젠 자작가, 아니, 북부에는 어울리지 않은 인물이었지만, 일단 자리하고 있었다.

카림은 그렇게 첫 마디를 떼고는 가장 먼저 구데리안 공작을 지긋이 바라보았다.

그때를 같이하여 구데리안 공작은 감았던 눈을 떴다. 그리고 무겁게 입을 열었다.

"무엇을 이념으로 하고, 그 이념을 어떻게 실행할지를 묻고 싶네."

그에 가볍게 웃음을 짓는 카림이었다. 이미 그러한 질문이 나올 줄 알았다는 표정이었다.

"이념은 평등입니다. 그 이념을 실행하기 위해서 첫째로 노예가 없을 것입니다. 둘째로 영지를 가진 귀족 역시 없을 것입니다. 셋째로 모든 이는 공평한 세금을 내야 할 것입니다."

카림의 말에 회의장이 웅성거리기 시작했다. 아이젠 자작을 지지하기는 하나, 아이젠 자작의 의지라 불리는 카림의 말은 실로 충격적이었기 때문이었다. 카림은 그 웅성거림이 잦아들기를 기다렸다.

"평민이든 기사든 귀족이든 모두 왕국에 존재하는 하나의 법에 지배를 받습니다. 왕국법은 바로 여기 계신 마탑주님께서 제정하셨고, 아이젠 자작님의 승인을 받았습니다. 또한 더 이상의 영지를 가진 귀족은 없을 것입니다. 귀족에 대한 승계 역시 단승으로 끝이 날 것입니다. 모든 귀족과 기사는 급여를 지급받을 것이며, 그 급여는 직위에 따라 차등 지급될 것입니다. 더하여 모든 평민과 새롭게 탄생될 왕국민들은 모든 물건에 대한 10%를 세금으로 지불해야 할 것이며, 매년 자신이 올린 소득에 대한 세금을 내야 할 것입니다.”

그 후로도 카림 경의 열띤 발언은 계속되었다. 카림 경의 설명이 있는 동안 누구 하나 자리를 뜨는 이가 없었다. 개중 몇몇은 이미 이러한 사실을 알고 있었다는 듯이 고개를 끄덕였으며, 당연하다는 표정을 지었다.

하지만 여기 모인 대부분의 귀족과 행정관은 도무지 믿을 수 없다는 표정을 짓고 있었다. 실로 파격적인 말이었다. 평등이라니. 노예가 없다니. 영지가 없는 귀족이라니.

기존의 모든 것을 뒤집어엎는 과감하고도 무지막지한 개혁이었다.

평소 베르누크와 전장을 누비던 귀족들이나 기사들은 방금 전에 카림이 공표한 내용에 대하여 당연히 그러해야 한다고 생각했다. 반면에 베르누크의 힘과 세력을 빌려 난세를 살아가는 처세로 일신을 의탁한 이만저만한 충격이 아니었다.

그 충격은 당연 구데리안 공작을 위시한 제국의 옛 충신들도 마찬가지였다.

설명이 끝나 정적에 휩싸인 대회의실에서, 카림이 다시 말했다.

"생각할 시간이 필요한 듯합니다. 해서 오늘부터 일주일의 시간을 드리려 합니다. 그 시간에 각자의 입장을 정리해 주시기 바랍니다."

카림의 말이 있은 이후 그제야 조금씩 웅성거리며, 혹은 침중한 얼굴을 한 귀족들이 대회의실을 벗어났다. 그들의 걸음은 힘이 없었고, 어깨는 축 처져 있었다.

"아이젠 자작과 따로 시간을 가져도 되겠는가?"

구데리안 공작이 나직하게 카림에게 물었다. 카림의 시선이 구데리안 공작을 향하더니 이내 고개를 끄덕였다.

"기다리고 계실 겁니다."

"나를 비롯해서 나를 수행한 세 명이 함께 가도 되겠는가?"

"그들이 대표할 수 있다면 당연히 가능합니다."

"가세나."

"안내하겠습니다."

구데리안 공작을 수행하는 세 명의 귀족. 그들은 전 황실 마탑의 탑주였던 6서클의 마법사 카르멜 스트라우스 후작, 전 황실 근위 기사단장이었던 테오도르 플레비우스 백작, 전 황실 행정대신이었던 시몬 메이커스 백작이었다.

어찌 보면, 이들은 당시 군과 내정을 담당하던 실세 중의 실세였을 것이다. 하나, 시대의 흐름을 알면서도 자신들의 고집을 꺾지 않아 무려 10년이라는 장구한 세월을 황궁 감옥에서 지내야만 했던 제국의 진정한 충신들이라 할 것이었다.

하지만, 또 다른 면을 보자면 그들은 제국을 망하게 하는 데 결정적인 역할을 한 이들이기도 했다.

그들은 알고 있었다. 제국이 썩어 가고 있고, 그 중심에는 누가 있는지도 말이다.

그들은 알고 있음에도 나서지 않았다. 오로지 황제에 대한 충심만이 있을 뿐이었다.

권력의 중심에 있었음에도 허물어져 가는 제국을 방치한 죄. 그것은 크고도 큰 죄였다. 그렇기 때문에 이들은 제국을 망하게 하는 데 결정적인 역할을 한 이들이라 할 수 있었다.

이번에도 그들은 알고 있었다. 시대의 흐름이 이미 달라졌다는 것을 말이다. 때문에 카림의 안내로 뒤를 따르는 구데리안 공작을 비롯한 스트라우스 후작이나 플레비우스 백작, 메이커스 백작의 얼굴은 딱딱하게 굳어, 무엇으로도 형언할 수 없는 비분을 담고 있었다.

"이곳입니다."

카림이 아이젠 자작의 개인 집무실의 문을 열어주었다. 네 명이 안으로 들어갔지만, 그는 들어가지 않았다.

"자네는 같이하지 않는가?"

"주군과 하실 말씀이지 저와 하실 말씀이 아니지 않습니까?"

"그렇군. 안내 고맙네."

"그럼. 이만!"

카림은 가볍게 고개를 숙인 뒤 떠나려 했다. 그러나 안에서 들려온 목소리가 걸음을 붙잡았다.

"일 저질러 놓고 가긴 어딜 가. 클라우제비츠 경도 들어와."

그에 가던 길을 멈추고, 어쩔 수 없다는 듯이 어깨를 으쓱해 보이더니, 구데리안 공작 일행을 따라 베르누크의 집무실 안으로 들어섰다.

"앉으십시오. 클라우제비츠 경도 거기 앉고."

업무를 보고 있던 베르누크가 보던 업무를 중단하고, 모두가 앉아 있는 곳에 자리를 하자 기다렸다는 듯이 여전히 집사장으로 있는 웹 경이 찻잔에 차를 따랐다.

쪼르르륵!

모두의 찻잔에 찻물이 다 찰 동안 입을 여는 이는 아무도 없었다. 구데리안 공작의 입장에서는 막상 많은 할 말이 있었으나, 당사자의 앞에 앉자 무슨 말을 먼저 해야 할지 난감하기 이를 데 없었다.

"그래. 결정들은 하셨습니까?"

김이 모락모락 나는 차를 마시며, 먼저 물어본 것은 베르누크였다.

"그러하네."

"답을 듣고자 합니다."

베르누크가 찻잔을 내려놓으며, 구데리안 공작을 비롯한 세 명의 얼굴을 쓸어보며 물었다. 그에 구데리안 공작의 목소리가 아닌 다른 이의 목소리가 베르누크의 귓등을 때렸다.

"그 전에 물어볼 것이 있습니다. 답해주실 수 있겠습니까?"

베르누크가 시선을 돌렸다. 그는 바로 카르멜 스트라우스 후작이었다. 창백한 안색. 70에 가까운 나이이나, 6서클에 이른 마법사여서인지 아직도 곧게 허리를 펴고, 꼬장꼬장함이 묻어나는 얼굴을 하고 있었다.

"무엇이든지."

"왕에 오르시겠습니까?"

"물론이오. 뻔한 질문은 피했으면 하오. 내 입장은 이미 수차례 구데리안 공작을 통해 전해 졌을 터이니 말이오."

베르누크의 말에 입을 스트라우스 후작을 다물었다. 그에 전 행정대신 메이커스 백작이 물었다.

"충성을 바라십니까?"

"필요 없소."

필요 없다는 말에 의문의 빛을 띄우는 세 명의 귀족이었다. 왕좌의 오름에 혹은 새로운 왕국을 일으킴에 있어서, 충성을 요구하지 않다니. 오히려 당황하는 세 귀족이었다.

"어찌하여……."

그 물음에 베르누크가 그들을 쓰윽 쓸어보고 입을 열었다.

"그대들은 아직도 과거의 망령에 사로잡혀 있소. 한데, 내가 충성을 하라 하면 하겠소? 나라면 그렇게 못하겠소. 그리고, 플레비우스 백작의 경우 기사로서 기사의 맹세를 했소. 그렇지 않소?"

"그렇… 소."

"하면, 나에게 거리낌없이 충성 서약을 할 수 있겠소?"

베르누크의 직접적인 말에 고민되는 얼굴을 하고야 마는 전 황실 근위단장 플레비우스 백작이었다. 그는 결국 대답하지 못했다. 아직도 제국을 잊지 못하고 있기 때문이었다.

"그대들은 시간이 필요하오. 1년이든 1백년이든 말이오. 충성이란, 혹은 신뢰란 오랫동안 축적되어 마음에서 스스로 우러나와야 하는 것이오. 해서 나는 그대들에게 강요하지 않소. 새로운 왕국에 출사하고자 한다면, 받아줄 것이오. 새로운 왕국에 반하는 행동을 하지 않는다면 말이오. 그리고 이미 클라우제비츠 경이 말했듯 그대들의 작위는 인정하되, 모두 당대만이 인정되오."

베르누크의 답에 구데리안 공작을 비롯한 세 명이 고개를 주억거렸다.

“답이 되었소? 나의 답을 했으니 이제 그대들의 답을 듣고 자 하오.”

“나 하인츠 구데리안은 지금의 자리에서 베르누크 아이젠 에게 종신할 것을 다짐하오.”

구데리안 공작의 진중한 외침에 세 명의 전대 귀족은 놀란 표정으로 구데리안 공작을 바라보았다. 물론 전대 황실 마탑주 인 스트라우스 후작이 있기는 하나, 황실 뇌옥에서 풀려난 3천 의 정신적이며 실질적인 지도자는 바로 구데리안 공작이었다.

그러한 그가 베르누크에게 종신한다 하였다. 기사의 맹세 도 아니오, 그저 종신한다는 말일 뿐이나 그 파급 효과는 실 로 대단한 것이었다. 그는 다름 아닌 망한 히르센 제국의 3대 소드 마스터였기 때문이었다.

그렇게 말한 구데리안 공작은 세 명을 휘둘러보고 고개를 주억거리며 말했다.

“그대들은 인정하기 싫겠으나, 제국이 망한 것은 우리들의 책임이오. 그러함에도 우리는 최선을 다했다 했소. 제국을 구 하기 위해 우리는 말만 했을 뿐 그 어떠한 행동도 하지 않았 소. 반면, 제국이 망한 지금 우리를 구한 아이젠 자작은 농민 의 난에 직접 전투에 참여하였고, 황궁을 탈환하기 위해 북부 의 귀족을 모아 그들과 전투를 치렀소. 또한 아이젠 자작은 제국의 일황자를 구해내었소.”

구데리안 공작은 잠시 말을 끊고, 세 명의 수장을 한 명씩 바라보았다. 자신의 확고한 의지를 전달하고자 하는 것일지도 몰랐다.

"물론, 제국의 일황자는 이미 그의 아들이 되었으나, 정통성에 있어서 아이젠 자작을 앞설 자는 없을 것이오. 우리는 간신이었고, 아이젠 자작은 충신이었소. 우리는 힘이 있음에도 일신의 안전을 고려하여 몸을 사렸고, 그는 힘이 없으나 온 힘을 다해 제국을 일으키려 했소. 해서 나는 지금에 있어 아이젠 자작에게 종신할 것이며, 만약 아이젠 자작이 왕좌에 오른다면 그에게 충성을 다할 것이오. 그는 이 용렬한 하인츠 구데리안의 충성을 받을 만한 진정한 기사이기 때문이오."

길고 긴 구데리안 공작의 말에 세 명의 후작과 백작들은 고개를 끄덕일 수밖에 없었다. 실로 그러했다. 자신들은, 아니, 자신들을 비롯하여 이곳에 온 3천여의 기사와 귀족은 지난 10년간 아무것도 한 것이 없었다. 그저 자신의 충심을 알아주지 못하는 제국의 황제를, 제국민들을 탓하고만 있었다.

스트라우스 후작이 입을 열었다.

"3,207명의 죄인이 뜻을 모아 종신토록 하겠습니다. 또한, 3,207명의 죄인은 새로운 왕국이 설 때 모두가 한 마음으로 충성을 언약하고자 합니다."

"고맙구려."

간단한 말 한 마디였지만 그 속에는 많은 것이 포함되었다. 한 번에 3,207명의 귀족과 기사를 얻었음이 중요한 것이 아니었다. 제국을 받들던 기둥과 같던 존재들이 베르누크 아이젠을 인정한다는 말이었다.

그를 왕으로 섬기고 그들의 마음속에 담긴 군주로 섬기겠다는 말이었다. 베르누크에게는 비록 제국의 인장도 없고 황도도 없지만, 전대의 충신들이 있었고 원래의 일황자가 있었다.

베르누크 아이젠. 그는 충분히 왕위에 오를 만한 인물이 되었던 것이다.

＊　　＊　　＊

천여 년을 유지해 오던 제국이 무너지고, 황도가 점령당하고, 다시 황도를 탈환한 시간으로부터 1년.

제국은 네 개로 분리되었다.

서부는 바이큰족이 점령하여 국호를 바이큰 왕국이라 명명하였으며, 초대 국왕은 클레이투스 칼라한이었다. 그들의 영토는 서북 대평원과 서부를 통합하여 가장 넓은 영토를 가지게 되었으나, 이민족에 의하여 점령당해서인지 끊임없는 반 바이큰 세력이 준동하였다.

그에 바이큰 왕국의 초대 국왕인 클레이투스 칼라한은 힘으로써 그들을 눌렀다. 그리하여 바이큰 왕국은 피의 세월이 한동안 이어지게 되었다.

동부는 옛 히르센 제국의 황도와 동부를 아울러 가장 많은 왕국민을 가지게 되었다. 국호를 이스턴으로 하였으며, 초대 국왕은 동부의 수호자라 알려진 알렉산도르 밀리예프였다.

이스턴 왕국은 동부의 광산과 풍부한 인적 자원으로 단번에 새로 성립된 네 개의 왕국 중에서 가장 많은 병력을 지니게 되었으며, 남과 북을 나누고, 바이큰 왕국과 접하며, 상업이 흥하였다.

남부는 히르센 제국의 정통성을 가졌다. 바로 히르센 제국의 인장기와 인장을 그대로 가져와 국호를 히르센 왕국이라 정하고, 초대 국왕으로 과거 히르센 제국의 3대 소드 마스터였던 티아고 로드리게스가 앉았다.

소드 마스터인 티아고 로드리게스가 왕좌에 앉아서인지 히르센 왕국은 기사 중심의 왕국이 되었다. 또한, 남부의 드넓고 풍요로운 평야로 인하여 동의 이스턴 왕국과 서의 바이큰 왕국, 그리고 북부를 아우르는 식량의 강국으로 등장하였다.

마지막으로 북부.

그들은 북부의 기울어가는 남작가의 가문에서 일어선 베르누크 아이젠 자작을 중심으로 하나의 왕국으로 거듭났다.

국호는 북부의 별이라 하여 폴라리스로 정하였고, 초대 국왕은 베르누크 아이젠이었다. 그리고 그 성향이 가장 진보적이어선지 몰라도, 네 개로 나뉘어 세워진 왕국 중에 가장 파격적인 성립을 보여주는 왕국이었다.

폴라리스 왕국에는 노예가 없었다. 세금은 일정했으며, 귀족 또한 단승 귀족이었다. 전무후무한 7서클의 마탑주가 있는 마법사의 탑이 존재했으며, 소드 마스터가 탑주인 기사의 탑이 있었고, 왕국의 재상이 탑주인 현자의 탑이 존재하였다.

인간의 시대가 도래한 이래 7서클의 마법사가 나타나지 않은 상황에서 북부의 전투 마탑의 탑주인 카이시스 라이너가 7서클임을 공표하자 대륙은 경악에 차 북부의 폴라리스 왕국을 주목하였다.

하지만 그들을 놀라게 한 것은 단순히 그것 하나만이 아니었다. 기사의 탑이라 일컬어지는 곳, 그곳의 탑주가 과거 히르센 제국의 마지막 충신이었던 하인츠 구데리안 공작이라는 것이 알려지자 대륙의 많은 기사가 술렁였다.

또한 폴라리스 왕국의 국왕인 베르누크 아이젠은 이미 기사들의 왕이라 일컬어지며 대륙을 질타하던 기사였으니, 제국이 망하고 여기저기 자유 기사로 흩어져 있던 많은 기사가 북부로 모여들기 시작하였다.

그것은 현자들 역시 다르지 않았다. 북부의 유명한 세 개의 탑 중 현자의 탑의 탑주가 과거 플레르모의 난을 주도했던 칼라힐 클라우제비츠임이 밝혀지자 숨어 살던 현자들이 북부로 모여들었다.

마법사의 탑의 7서클 마스터 카이시스 라이너, 기사의 탑의 소드 마스터 하인츠 구데리안 공작, 현자의 탑의 마스터 칼라힐 클라우제비츠. 그 이름만으로 대륙은 진동하였다.

또한 그 세 개의 탑 아래는 마도 아카데미와 기사 아카데미, 그리고 현자 아카데미가 있어, 누구든지 원한다면 세 곳 중의 하나를 골라 배우고 익힐 수 있었다.

너무나도 파격적인 행보를 보이는 폴라리스 왕국의 행보에 바이큰 왕국과 이스턴 왕국, 그리고 히르센 왕국은 긴장의 끈을 늦추지 않으며, 분리된 네 개의 패권을 다시 하나로 하기 위하여 전력을 투사하기 시작했다.

이렇게 첫 번째 전란의 시대가 끝이 나고 네 개의 새로운 왕국이 성립되었다. 네 개의 왕국이 성립된 이후로 언제 전란이 있었느냐는 듯이 세상은 편안했다.

네 왕국의 교묘한 견제에 의하여 힘의 균형이 지켜짐과 동시에, 왕국의 성립으로 우선은 기반을 다지는 것이 가장 중요하였기 때문이었다.

네 왕국은 서로 견제를 한다. 견제와 함께 내치에 힘을 쓴다. 그들의 궁극적인 목표는 영원한 왕국이 아닌 새로운 제국

에 있었다. 때문에 서로를 견제하고, 상업을 발달시키고, 왕
국민의 생활을 안정시키면서도 끊임없이 군사력을 증대시켰
다.

마치 언제 터질지 모르는 활화산과 같은 시대.

후세 사가들은 이 잠정적인 평화의 시대를 새로운 제국을
염원하는 히르센 제국의 망령기라 하였다. 서부의 바이큰 왕
국을 제외하고, 폴라리스 왕국과 이스턴 왕국, 히르센 왕국은
히르센 제국의 제국민이 이어받았다.

그리고 특히나 이스턴 왕국과 히르센 왕국은 자국을 히르
센 제국의 정통성을 잇는 진정한 왕국이라 칭하며 히르센 제
국의 부활을 외치는 실정이었다.

그 와중에 정통이든 뭐든 유일하게 침묵을 지키고 있는 곳
은 북부의 폴리리스 왕국이었다.

세 개의 탑과 세 개의 아카데미가 있는 곳. 가장 많은 철광
석이 존재하며, 가장 척박하고 험한 지형을 가지고 있는 곳.

그곳은 히르센의 정통성을 이었다고 외치지도 않았으며,
서부의 바이큰 왕국을 몰아내야 한다고 외치지도 않았다. 그
에 세월이 지남에 따라 북부는 조금씩 잊히기 시작했고, 남부
와 동부는 연합을 하였다.

바로 제국을 무너뜨리고 황제를 시해한 그 원한을 갚는다
는 명목하에 결성된 연합으로, 그 연합은 곧바로 군사적인 행

동으로 이어지게 되었다.

처음에는 동부와 서부만의 연합이었으나, 이내 무슨 생각인지 슬그머니 북부를 연합에 끌어들이고자 하였다.

제국이 무너지고, 네 개의 왕국이 성립한 지 바야흐로 6년. 네 개의 왕국은 다시 전쟁의 어둠 속으로 빨려들고 있었다.

제국의 사생아인 세 개의 왕국이 제국의 심장을 도려낸 한 개의 왕국을 향해서 서서히 그 독아를 드러내기 시작하였다.

『나이트 킹』 4권에 계속…

獨步行

독보행

임영기 新무협 판타지 소설

FANTASTIC ORIENTAL HEROES

그날, 심산유곡에서 수련하던
한 명의 소년이 강호로 내려왔다.

모든 이가 소년을 비웃고,
모든 무사가 그를 깔봤다.

소년은 흔들리지 않는다.

"이 천하를 독보(獨步)하리라!"

한번 시작한 걸음, 결코 멈추지 않으리라.

천하여! 무림이여!
대무영(大武英)이 간다!

무정철협

武情鐵俠

월인 新무협 판타지 소설

FANTASTIC ORIENTAL HEROES

「두령」, 「사마쌍협」, 「장홍관일」의 작가 월인
2013년 벽두를 여는 신무협이 온다!

삭초제근(削草制根)!
일단 손을 쓰면 뿌리까지 뽑아버렸다.

무정(無情)!
검을 들면 더 이상 정을 논하지 않았다.

그래서 나는 무정철협이 되었다.

진정한 협(俠)을 아는가!
여기 철혈의 사내 이한성이 있다!

「무정철협」

Book Publishing CHUNGEORAM

까불지마!

FUSION FANTASTIC STORY

무람 장편 소설

ALCHEMIST

알케미스트

FUSION FANTASTIC STORY 시이람 장편 소설

2013년, 또 하나의 현대물이 깨어난다.
현대에서 펼쳐지는 연금마법진의 진수!

인간 최초의 9서클을 이룩한 마법사 아스란.
죽음의 위기에서 그가 남긴 유지가
차원을 넘어 지구에 떨어진다.

일리미트 비블리어시카(Illimite bibliotheca)!

그 무한한 힘과 지식을 얻게 된 김창준.
3년 전으로 돌아간 날을 기점으로,
삶이, 인생이, 그의 희망이 바뀐다!

현대에 강림한 진정한 마법사의 전설!
끝도 없이 세상을 향해 날개를 펼치다!

Book Publishing CHUNGEORAM

유행이 아닌 자유추구 —
WWW.chungeoram.com